華山劍宗

화산검종

한성수 新무협 판타지 소설
FANTASTIC ORIENTAL HEROES

화산검종 2
한성수 新무협 판타지 소설

초판 1쇄 찍은 날 § 2008년 3월 12일
초판 1쇄 펴낸 날 § 2008년 3월 29일

지은이 § 한성수
펴낸이 § 서경석

편집장 § 문혜영
편집책임 § 김대식

펴낸곳 § 도서출판 청어람
등록번호 § 제1081-1-89호
등록일자 § 1999. 5. 31
어람번호 § 제2-1440호

주소 § 경기도 부천시 원미구 심곡1동 350-1 남성B/D 3F (우) 420-011
전화 § 032-656-4452 팩스 § 032-656-4453
http://www.chungeoram.com
E-mail § eoram99@chollian.net

ⓒ 한성수, 2008

ISBN 978-89-251-1229-9 04810
ISBN 978-89-251-1227-5 (세트)

※ 파본은 구입하신 서점에서 교환하여 드립니다.
※ 저자와 협의하여 인지를 붙이지 않습니다.
※ 이 책은 도서출판 청어람과 저작자의 계약에 의해 출판된 것이므로,
   무단 전재 및 유포·공유를 금합니다.

華山劍宗

도검광풍(刀劍狂風)

화산검종

한성수 新 무협 판타지 소설

Fantastic Oriental Heroes

2

청어람
도서출판

目次

11장.	도검광풍(刀劍狂風)	7
12장.	금란사제(金蘭師弟)	39
13장.	문파서열(門派序列)	71
14장.	백안천이(百眼千耳)	103
15장.	남매상봉(男妹相逢)	135
16장.	황금만능(黃金萬能)	167
17장.	무적지의(無敵之意)	199
18장.	은원지사(恩怨之事)	229
19장.	오두룡탑(五頭龍塔)	259
20장.	탈혼백안(奪魂白眼)	289

第十一章

도검광풍(刀劍狂風)
도와 검이 만나니 미친 바람이 불어오는구나!

華山
劍宗

불영신법.

남해(南海) 보타산(普陀山)에 기거한다고 알려진 보타신니(普陀神尼)의 독문 보신경으로 번개와 같은 속도를 자랑한다. 보타신니는 오직 그 보신경만으로 한때 구대문파의 장문인과 어깨를 나란히 할 수 있었을 정도다.

당연히 외공에만 조예가 깊은 강패가 불영신법의 그 같은 속도를 방어할 도리가 없다.

파파파파팡!

강패의 우람하고 기다란 양팔이 순간적으로 풍차처럼 회전을 일으켰으나 아무런 효과가 없었다. 진영언은 어느새 그의 옆구리 사이를 빠져나간 후였다.
 게다가 그것만으로 끝일 리 없다.
 파곽!
 곧바로 신형을 회전시킨 진영언의 매서운 권각이 강패의 배후를 노리고 파고들었다.
 불영신법에 이은 광풍백연타!
 번개가 무색할 정도인 권각의 연타에 강패가 커다란 몸을 크게 휘청거렸다. 순식간에 두들겨 맞은 부위 중 조문이 위치한 발뒤축 역시 포함되어 있었기 때문이다.
 진영언의 광풍백연타를 어린아이 주먹질처럼 받아내던 여태까지와는 완전히 다른 모습!
 '역시 그 자식의 말이 맞았구나!'
 진영언의 입가로 득의의 미소가 떠올랐다. 조문을 두들겨 맞은 이상 아무리 외가의 절정고수인 강패라 할지라도 더 이상 버티지 못하리란 심산이었다.
 그러나 늙은 생강이 무섭다고 했다.
 신형을 크게 휘청거려 진영언의 방심을 유도한 강패가 갑자기 양팔을 벌리더니, 무섭게 몸 전체로 회전했다. 자신의 몸을 무기 삼아 진영언에게 달려든 것이다.
 풍마회권(風馬回拳)!
 자신보다 빠른 상대를 제압할 때 사용하는 평범한 외가권의 하나다.

보통 상당한 수준의 내가기공을 연마한 고수에게는 사용하지 못하는 수법이다. 이렇게 마구잡이 식으로 달려들다가 내가고수의 내력에 내부가 격탕되면 힘 한번 못 써보고 패배할 수밖에 없기 때문이다.

다만 강패가 연마한 외공은 금종조(金鍾罩)나 철포삼(鐵布衫)같이 겉가죽만을 수련하는 것들과는 차원이 달랐다. 소림사가 자랑하는 금강항마기공(金剛降魔氣功)이었다.

겉가죽뿐 아니라 체내의 장부 역시 강철 같은 방어를 보인다. 진영언의 광풍백연타가 여태까지 힘을 쓰지 못한 건 바로 그 때문이었다.

"미친!"

진영언의 입에서 욕설이 터져 나왔다. 이런 단순한 공격을 상대할 방도가 없었기 때문이다.

그러나 그녀에게도 강패가 따르지 못할 비장의 절기가 있다. 불영신법이다.

스으!

발끝으로 지축을 찍고 사람의 머리 높이 정도로 뛰어오른 진영언의 쌍수가 강패의 양쪽 관자놀이를 찍었다. 장권(掌拳)의 기본에 따라 뇌를 울리게 만든 것이다.

짜작!

그리고 반월각의 일격!

퍽!

곧바로 턱을 걸어 차인 강패의 고개가 뒤로 확 젖혀졌다. 자연스레 풍마회권의 회전 역시 위세가 줄어들 수밖에 없다.

그 짧은 틈을 진영언은 놓치지 않았다.

주르륵!

마치 미꾸라지처럼 강패의 몸을 휘감으며 교염한 신형을 내려뜨린 진영언의 손가락이 송곳 같은 기운을 발출했다. 목표는 강패의 조문이 위치한 발뒤축!

"크헉!"

강패의 입에서 결국 비명이 터져 나왔다. 송곳 같은 지력에 조문을 꿰뚫려 버린 것이다.

"휘이!"

나직한 휘파람 소리.

암향십삼탄을 펼쳐서 진영언을 노리고 있던 궁수의 절반을 바닥에 쓰러뜨린 운검의 입에서 흘러나온 거다. 자신의 말을 듣자마자 귀신같은 신법과 권각으로 강패를 제압한 진영언의 무위에 감탄이 절로 흘러나온다.

그러나 그가 한눈을 판 건 그 짤막한 순간뿐이다. 그럴 수밖에 없었다.

스슥!

스스스슥!

오늘 강패를 쫓아 천라지망에 참가한 궁수들은 강북 녹림십팔채에서도 제법 명성이 높은 녹의섬전수(綠衣閃電手)들이었다. 태상호법인 강패의 친위대이니만치 당연하다.

그들은 갑작스런 운검의 암향십삼탄에 상당수 부상을 당했지만 곧바로 전열을 수습했다. 궁을 어깨에 걸고 허리에 차고 있던 단창을 끄집어낸 채 달려들고 있었다. 하나같이 움직임이 일사불란하고 위협적이다.

'싸움에 익숙한 자들이다!'

운검은 자신을 향해 삼인일조로 파고드는 녹의섬전수의 일진을 살피며 눈살을 찌푸렸다.

화산파에도 다수가 손발을 맞추는 검진(劍陣)이 있다.

이 정도 움직임에 당황할 이유는 없다.

다만 운검은 오 년여 만에 처음으로 느껴보는 순수한 살기에 강한 자극을 받았다.

필살의 의지!

녹의섬전수에게서 그 같은 상념이 자신을 향해 무형의 화살처럼 맹렬히 파고들어 왔다. 그들의 현재 입장이야 충분히 이해가 가나 기분이 상당히 더러웠다. 그것도 아주 많이 그랬다. 싸움에 익숙하고 익숙하지 않고는 이미 별문제가 되지 않았다.

"산적 새끼들이!"

차갑게 한마디를 내뱉은 운검이 발끝을 살짝 들어 올렸다. 그리고 지축을 가볍게 찍으며 바로 코앞까지 이른 녹의섬전수를 향해 파고들었다.

구궁보.

그와 함께 수중의 철검이 바람같이 앞으로 내뻗어졌다. 그러자 흐릿하게 모습을 드러낸 검 그림자 세 개가 삼인일조의 녹의섬전수를 곧바로 무찔러 간다.

검끝의 방향을 분간키 힘든 일검!

바로 운검이 잃어버린 자하구벽검의 오대절초 중 첫 번째이다.

십년마일검(十年磨一劍 : 십 년 동안 칼 한 자루 갈았다네).

상인미증시(霜刃未曾試 : 서릿발 같은 칼날 아직 시험치 못했노라).

금일임휘시(今日臨揮時 : 오늘에서야 칼 휘두를 때를 만났으나).

천우도무검(天祐到無劍 : 하늘의 보살핌으로 칼이 필요없는 경지에 이르렀네).

오언절구의 시구로 되어 있는 자하구벽검의 오대절초는 각기 아홉 개의 변화를 함유하고 있었다. 일반적인 검로와 상이할뿐더러 하나같이 천하무학의 핵심을 찌르고 파괴하는 데 중점을 맞추고 있는 절묘한 검초들이다.

다만 지금 운검의 검에는 자하구벽검의 기본인 자하신공이 담겨져 있지 않았다. 변화에 한계가 분명하고 검강은커녕 검기조차 일으키지 못한 상태였다. 위력에 있어 한계가 분명하다고 할 수 있었다.

 그러나 대신에 그의 검은 흐름이 끊임없고, 동작이 단순하고 깨끗했다. 자하신공 없이 계속해서 연검을 한 끝에 얻은 작은 소득이었다.

 "크악!"
 "크헉!"
 "케엑!"

 운검의 바로 코앞에 이르자마자 삼재(三才)의 방위를 따라 분산하려던 녹의섬전수의 입에서 비명이 튀어나왔다. 그들이 분산을 하기도 전에 운검이 펼친 십년마일검의 세 가닥 검영이 완혈과 곡지혈을 번개같이 찍어버린 까닭이다.

 삽시간에 수중의 단창을 떨군 채 나자빠진 삼 인.

 운검은 그들에게 일별조차 없이 다시 구궁보를 밟았다. 결코 움직임을 멈추지 않았다.

 그에 따라 급박하게 거칠어지는 호흡!

 '속전속결(速戰速決)로 끝내야 한다!'

 운검의 눈이 빛을 발했다. 그때 이번엔 그의 양쪽에서 두 무리의 녹의섬전수가 파고들어 왔다. 전형적인 녹림의 차륜전법이다.

 파콱!

 운검이 허벅지로부터 종아리까지의 근육을 일제히 긴장시

켰다. 그로 인해 일시적으로 폭증된 각력을 이용해 다시 구궁보의 변화를 일으키며 수중의 철검을 종횡무진 휘둘렀다.

상인미중시!

운검의 철검에서 이번엔 무려 여덟 개나 되는 검영이 일어났다.

그와 함께 일어난 피보라!

구궁보를 밟으며 속도를 높인 운검의 배후로 비명조차 지르지 못하고 바닥에 주저앉는 두 무리의 녹의섬전수가 보인다.

그들은 운검의 철검이 일으킨 변화조차 보지 못한 채 수중의 단창을 떨궜다. 개중에 어떤 자들은 다리까지 베였다. 바닥에 몸이 절반 이상 몸을 누인 그들의 얼굴이 경악으로 일그러져 있다.

"후욱! 후욱……."

운검의 입술 새로 폭발할 것 같은 숨결이 터져 나왔다.

순식간에 세 무리의 녹의섬전수를 제압했다.

내공의 도움을 전혀 받을 수 없었던 만큼 체력이 순식간에 바닥을 드러내고 있었다. 자하신공을 사용하지 못하게 된 후 이렇게 많은 다수와의 대결을 벌인 건 이번이 처음이다.

'아이구! 이거 아직도 하나가 더 남은 거냐?'

운검은 호흡을 가다듬으며 마지막으로 남은 한 무리의 녹의섬전수를 바라봤다. 그들은 언제 살기를 잔뜩 뿜으며 달려들었냐는 듯 멀찍이 떨어져서 움직이지 않고 있다.

그도 그럴 것이 순식간에 세 무리나 되는 녹의섬전수를 제압한 운검의 무위는 가히 눈부실 지경이었다. 가장 늦게 달려들다가 동료들이 폭풍같이 당하는 모습을 목도한 자들로선 주저하는 마음이 들지 않을 수 없다.

덕분이랄까?

운검은 거의 폭발하기 직전까지 이르렀던 호흡을 어느 정도 가다듬을 수 있었다.

심장의 두근거림 역시 가까스로 진정이 되었다. 만약 마지막 녹의섬전수 무리가 예정대로 끝까지 합공에 나섰다면 조금 위험했을지도 모른다.

어쨌든 재빨리 호흡을 가다듬은 운검이 입가에 흐릿한 미소를 매달았다.

조소.

평상시 그다지 취해본 적은 없으나 꽤 그럴듯하게 성공시켰다. 이미 주저하는 마음이 뇌의 상당 부분을 지배하고 있던 자들의 혼란을 더욱 가중시킨 것이다. 운검이 때를 놓치지 않고 차갑게 한마디 던졌다.

"꺼져!"

망설임은 그리 길지 않았다.

혼란의 끝에 이르러 완연히 겁에 질려 있던 자들은 곧바로 신형을 돌려 도주했다. 이미 상관인 강패가 진영언에게 패배하는 모습을 봤기 때문인지 누구 하나 주저함이 없었다.
 그리고 그들의 뒤를 앞서 운검에게 깨진 나머지 녹의섬전수들이 따랐다. 완벽한 패잔병이 된 채였다.

 "후우!"
 운검이 녹의섬전수 전체의 도주를 바라보며 한차례 한숨을 내쉬었을 때였다.
 문득 그의 배후로 귀영에 가까운 그림자 하나가 다가들었다.
 스으.
 그림자의 정체는 진영언이다. 그녀는 조문이 깨져 무공을 완전히 잃어버린 강패를 뒤로한 채 운검에게 다가들었다. 불영신법의 은밀함을 극도로 적용시킨 만큼 움직임이 가히 산들바람이나 다름없다.
 그러나 그녀가 막 운검의 배후에 이르러 수장을 머리 높이로 들어 올렸을 때였다.
 묵묵히 서서 호흡을 가다듬고 있던 운검이 퉁명스레 한마디를 던졌다.
 "녹림에서는 은혜를 원수로 갚는 게 전통인가 보군?"
 '쳇! 귀신같은 놈!'
 진영언이 들어 올렸던 수장을 슬그머니 내렸다. 그리고 한차례 어깨를 흔들거리니 어느새 운검의 앞을 가로막고 서 있다. 여전히 눈을 의심할 정도로 기가 막힌 움직임이라고 운검은 생각했다.

진영언이 짝다리를 한 채 말했다.

"역시 그때 내 다리에 암기를 던진 범인은 당신이었어! 이 거짓말쟁이!"

"난 이미 내가 거짓말을 했다고 고백했소만?"

"그, 그건……."

진영언이 운검의 말에 반박을 하려다가 말끝을 흐렸다. 확실히 운검은 전날 자신이 범인이라고 자백을 했다. 그의 말을 믿지 않은 건 진영언 본인이었다.

팍!

진영언이 화가 나서 발을 한차례 굴렀다. 진각이 아님에도 발밑이 움푹하고 들어간다. 그녀의 각력이 어느 정도인지 짐작이 가는 모습이다.

운검이 슬쩍 시선을 망연자실 바닥에 주저앉아 있는 강패 쪽으로 던졌다.

"설마 일생의 무공을 모조리 잃게 만든 것이오?"

"그렇게 하지 않았으면 내가 당했을 거야. 조문에 내가중수법을 사용해서 타격을 가하지 않고서는 전혀 승산이 없었으니까."

"그렇군."

운검이 천천히 고개를 끄덕여 보였다. 그 역시 진영언을 일시적이나마 압도했던 강패의 외공의 위력에는 다소 놀라고 있었다. 녹림의 산적 패거리 중에 설마하니 소림사의 칠십이 종절예 중 하나인 금강항마기공을 연마한 자가 있으리라곤 예상외였기 때문이다.

진영언이 눈을 가늘게 떠 보였다.

"그런데 어떻게 내가 있는 곳을 알고 찾아온 거야? 설마하니 나한테 한눈에 반했다거나……."

"그런 대사는 꿈속에서나 하는 게 좋을 거요."

"그럼?"

"우연이오."

"우연?"

"그렇소. 사실 나는 다른 사람을 찾아왔소. 그런데 우연찮게 진 소저와 만나게 되었을 뿐이오."

"……."

진영언의 눈이 더욱 가늘어졌다. 운검이 누구를 찾아서 이 새벽에 달려온 것인지 대충 짐작이 갔기 때문이다.

* * *

북궁휘는 수중에 사 척 대도를 든 채 하얀 얼굴을 더욱 창백하게 물들이고 있었다.

분노.

그것이 지금 그의 심중에서 거센 격류가 되어 휘몰아치고 있었다. 당장이라도 가슴을 갈기갈기 찢어발기고서 몸속의 모든 피가 터져 나갈 것만 같다. 정말 그랬다.

그러나 그의 머리는 오히려 차갑게 가라앉았다. 펄펄 끓어오르는 피를 가슴에 가둔 채 얼굴의 핏기를 오히려 거둬 버렸다. 분노에 정신을 잃어봤자 얻을 수 있는 게 아무것도 없다는 걸 잘 알고 있었기 때문이다.

'이곳은 두 개의 산이 겹쳐져 있는 외길. 만약 기습을 하려 한다면 더할 나위 없이 좋은 장소이다. 하물며 어둠이 채 가시지 않은 새벽. 만약 병법을 조금이라도 알고 있는 자라면 이러한 때 이런 장소를 찾아들진 않을 것이다.'

북궁휘의 호위를 맡은 자.

북풍단의 부단주인 추풍광도 염무극이다. 자칭 타칭 무수히 많은 실전으로 북궁세가에서 잔뼈가 굵은 자였다.

그런 자가 이런 병가의 기본 중의 기본조차 숙지하지 않았을 리 만무하다. 결정적으로 느닷없이 야간 이동을 재촉해 이런 말도 안 되는 잔도로 북궁휘를 끌어들인 건 바로 그였다.

당연히 잔도에 들어서자마자 북궁휘 일행은 백여 명가량의 녹림도들의 기습을 당했다.

갑작스런 기습에 상당한 숫자이긴 하나 지형의 불리함을 제외하면 그다지 크게 염두할 바 없었다. 기습해 온 녹림도들의 무위가 형편없었기 때문이다.

그런데 여기서 호위 책임자인 염무극은 황당한 대응을 보였다.

그는 녹림도들의 기습을 격퇴하긴커녕 대충대충 상대하다가 곧 휘하의 부하들과 모습을 감췄다. 기습 후 곧바로 후퇴하기 시작한 녹림도들을 쫓는다는 게 구실이었다.

그 와중에 상관이자 호위의 대상인 북궁휘는 완전할 정도로 방치되어 버렸다. 염무극은 단 한 마디의 양해도 없이 녹림도들과 함께 어둠 속으로 사라지고 만 것이다.

상황은 명백했다.

모살(謀殺).

북궁휘는 자신이 버려졌음을 깨달았다. 어쩌면 북궁세가를 나설 때부터 계획된 일이었을지도 모른다.

'북풍단은 세가 내의 세력 중에서 유 총관의 입김이 가장 강하게 작용하는 곳이다. 역시 그런 것인가!'

북궁세가의 실질적인 이인자!

신산귀계를 지녔다고 소문난 소리장도 유성월의 청수하고 내심을 읽기 힘든 얼굴이 북궁휘의 뇌리로 스쳐 갔다.

면벽수련을 끝마친 후에도 북궁휘는 계속 자신의 성취를 숨겨왔다. 가문이 추구하는 패도와는 다른 길을 걷게 된 사실이 결코 자랑스럽지 않아서다.

그런 그를 주목한 인물이 있었다.

바로 유성월이다.

만약 이번 음모를 꾸민 자가 그라면 지금의 어처구니없는 상황이 아주 납득되지 않는 것도 아니었다. 아니, 오히려 지금부터 바짝 긴장을 해야 할 터였다. 완벽주의자인 유성월이 세운 모살 계획에 허점 같은 게 존재할 리 없었기 때문이다.

 그때다.

 한차례 기습 이후 침묵이 흐르던 잔도 주변으로 미세한 소음이 들려왔다. 서서히 고개를 들기 시작한 새벽의 여명 속에 숨어서 두 번째 기습이 진행되기 시작한 것이다.

 '이번이야말로 진짜다! 세가 내의 고수들과 비견될 만한 자들이 왔어!'

 북궁휘의 눈이 가늘어졌다.

 사 척 대도를 쥔 손에도 힘이 가중되었다.

 그는 다섯 살부터 도를 잡았다. 그때부터 시작된 무공 수련이 이십 년이 훌쩍 넘어가고 있었다.

 비록 실전의 경험은 거의 없으나 중간중간 암살의 위협을 느끼며 무공을 수련해 왔다. 갑자기 기습을 당하게 되었다 해서 몸이 얼어붙거나 하는 일은 없었다.

 스슥!

 유성삼전도를 이용해 가볍게 삼 보를 이동한 북궁휘의 대도가 빙글 한 바퀴 회전을 일으켰다.

 타타타타탕!

 보통의 병기와는 비교조차 되지 않는 크기의 대도에 가로

막힌 십여 개나 되는 철전이 사방으로 튕겨져 나갔다.
작렬하는 불꽃!
일반적인 화살일 리 없다.
'인화 물질을 묻힌 화살… 강북 녹림십팔채의 적린수전(赤燐手箭)이로구나!'
북궁휘는 깨달음과 동시에 소천신공을 운기해 수중의 대도를 한차례 진동시켰다.
우웅!
흡사 벌 떼의 울음소리와 같다.
그 같은 울림과 함께 소천신공이 주입된 도신을 타고 도파 부분을 향해 똬리를 틀며 올라오던 두 가닥 적린이 사방으로 튕겨져 나갔다. 소천신공을 바탕으로 일으킨 도신의 진동을 감당치 못한 것이다.
게다가 그것만으로 끝일 리 없다.
파앗!
적린수전의 적린을 제거하자마자 북궁휘가 수중의 대도를 맹렬히 바닥에 내리꽂았다.
푸학!
대지 깊숙이 박혀든 대도.
천천히 뽑혀지는 대도 사이로 핏물이 흘러내린다. 그리고 처절한 비명 하나.
강호에서도 흔치 않은 일류의 지둔술을 펼쳐 북궁휘에게

다가들던 오잔 중 셋째, 지행은영(地行隱影) 교첨의 최후였다.

"셋째야!"

"셋째 형님!"

"셋째 형님!"

순간 이가 갈리는 소리가 사방에서 터져 나왔다. 적린수전과 더불어 행해진 교첨의 암습에 맞춰서 사상의 진형으로 공격하려던 나머지 오잔에게서 터져 나온 목소리다.

스팟!

비명과 발맞춰 하나의 흰색 선이 북궁휘를 노리며 파고들어 왔다.

오잔 중 첫째.

단섬도 안원의 일도에 빛살조차 열두 조각 낸다고 알려진 단섬일도류(斷閃一刀流)가 펼쳐진 것이다.

카캉!

북궁휘는 이번에도 대도의 넓은 도신을 이용했다. 주저치 않고 도신으로 자신의 몸을 가려서 안원의 단섬일도류를 받아냈다.

또다시 일어난 불똥!

이번엔 적린수전과는 관계없다.

삽시간에 열 차례 휘둘러진 안원의 쾌도가 넓은 도신과 부딪치며 일어난 일이었다.

그렇게 얻은 찰나의 간극!

북궁휘가 재빨리 도파를 가볍게 비틀었다. 대도 속에 숨겨 놓은 단장검을 끄집어내기 위함이다.

 완벽하게 펼칠 수 없는 창파도법으론 안원의 쾌도를 상대할 수 없다는 판단이었다.

 스으.

 단장검을 손에 쥐자마자 북궁휘의 신형이 몇 개나 되는 분영을 만들어냈다.

 유성삼전도.

 그와 더불어 단장검이 세 개의 검영을 만들었다. 하나같이 안원의 단섬일도류의 허점을 노려 받아치는 변화다. 빠르기 역시 대도를 휘두를 때완 천지 차이다.

 '이런!'

 안원이 황급히 뒤로 신형을 물렸다. 이미 그의 장포 자락엔 세 개의 구멍이 뚫렸고 핏물 역시 배어 나오고 있었다. 한차례 교합만으로 부상을 당하고 만 것이다.

 북궁휘가 이 같은 물실호기(勿失好機)를 놓칠 리 없다. 그의 신형이 다시 유성삼전도의 변화에 따라 한줄기 그림자로 변했다.

 스으.

 안원의 안색이 창백하게 변했다. 북궁휘가 펼친 유성삼전도의 변화를 당최 파악할 수 없었기 때문이다.

 '동생들이 보고 있는 앞에서 본신의 절기를 발휘해야만 하

는가!'

안원이 내심 부르짖을 때다.

하늘같이 믿고 있던 대형 안원의 패퇴에 경악한 나머지 삼잔이 황급히 북궁휘를 노리며 품 자 형으로 파고들어 왔다.

영사처럼 교묘하게 북궁휘의 등판을 노리며 파고드는 채찍의 주인은 오잔의 둘째 편사(鞭邪) 남희인이다.

또한 옆구리와 다리를 각기 노리는 건 넷째 운중사(雲中蛇) 여일독의 독조(毒爪)와 막내 단창쌍인 소광의 쌍인창(雙刃槍)이다.

하나같이 단숨에 치명상을 입힐 수 있는 공격!

'위위구조(圍魏救趙)인가?'

북궁휘의 눈살이 가볍게 찌푸려졌다. 녹림에 속한 자들치곤 꽤나 위협적인 합벽이란 생각이 들었기 때문이다.

파곽!

북궁휘의 발끝이 가볍게 지축을 찍었다. 품 자의 합공을 피해 공중으로 몸을 띄운 것이다.

그것만으로 끝일 리 없다.

스슥!

곧바로 신형을 좌우 분산시킨 북궁휘의 단장검이 처음보다 몇 배나 빠른 속도로 안원을 찔러갔다. 소천신공을 바탕으로 한 창파도법의 맹렬한 연환도세를 속도로 승화시킨 쾌속검!

"큭!"

안원의 입에서 나직한 비명이 터져 나왔다. 어느새 그의 왼쪽 어깨 부위에선 피보라가 솟구치고 있었다. 척 보기에도 심상치 않은 중상이다.

그러나 안원은 오잔의 대형이다. 이대로 당하고만 있을 리 없다.

파팟!

안원의 단섬일도류가 여전히 공중에 신형을 띄운 채인 북궁휘를 노렸다. 배후에서 뒤늦게 품 자 형을 이룬 채 달려든 삼잔의 공세를 살피고 펼친 회심의 일격이다.

'좋은 반격!'

북궁휘는 슬며시 헛바람을 들이켰다. 소천신공의 진기의 흐름이 끊긴 틈을 노리며 파고든 안원의 단섬일도류를 방어하기가 쉽지 않다는 판단이었다.

그렇다고 그냥 당하고만 있을 순 없다.

그는 소천신공의 중(重)자결을 이용해 천근추를 펼쳤다. 공중에 띄워져 있던 신형을 급격히 밑으로 추락시킨 것이다.

사삭!

그와 함께 사방팔방으로 열두 차례 휘둘러진 단장검!

언제 품 자를 이뤘냐는 듯 대형 안원의 반격에 발맞춰 사상진의 형태를 이뤘던 사잔의 병기들이 일시 밖으로 튕겨져 나갔다. 단장검이 만들어낸 열두 차례 검격을 뚫지 못한 것이다. 그러나 아예 소득이 없었던 것도 아니다.

"크윽!"

무리하게 자신에게 맞지 않는 소천신공을 운용한 북궁휘가 신형을 가볍게 휘청거렸다. 소천신공의 패도적인 진기가 급하게 휘몰아친 덕분에 혈맥 전체가 뒤흔들려 버렸다. 일시 주화입마에 든 것 같은 고통에 빠지지 않을 수 없다.

'기회다!'

강북 녹림십팔채에 속한 채 무수히 많은 실전을 경험한 바 있는 안원의 눈이 반짝였다. 그는 대번에 북궁휘가 내상을 입었음을 눈치 챘다.

"형제들, 차륜전이다!"

"예!"

안원의 일갈에 일제히 복명한 삼잔이 두 눈을 번뜩이며 북궁휘를 중심으로 사상진을 공고히 했다. 급하게 공격을 가하지 않고 서서히 압력을 가중시켜서 말려 죽이는 것으로 전법을 바꾼 것이다.

'곤란하게 됐군.'

들끓는 진기를 가라앉히기 위해 노력하며 북궁휘가 내심 눈살을 찌푸려 보였다.

*　　　*　　　*

운검은 진영언의 뒤를 쫓으며 눈에 이채를 담았다.

여전히 늘씬한 몸매가 그대로 드러나 보이는 홍의무복.

웬만한 장정에 버금갈 정도의 장신에 길고 곧게 뻗은 다리로 지축을 밟으며 앞으로 나아가는 동작이 시원시원하다. 화산파의 구궁보나 신행백변(神行百變) 같은 보신경과 비교해도 진영언의 불영신법은 더욱 빼어난 점이 있었다.

'과연 강남 녹림도의 총표파자란 것이군.'

운검이 내심 고개를 끄덕일 때였다. 은연중 내공을 사용치 못하는 운검의 속도에 걸음을 맞추고 있던 진영언이 퉁명스런 눈빛을 던져 왔다.

"뭐야! 그 음흉한 시선으로 어딜 쳐다보는 거야!"

"음흉한 시선?"

운검이 반문하자 진영언이 갑자기 신형을 돌려 바람처럼 다가들었다.

"이 음흉한 인간아! 여태까지 계속 내 엉덩이며 다리 쪽을 힐끔거리고 있었잖아! 비겁하게 부인하려는 건 아닐 테지?"

"그런 걸 부인해서 뭘 하겠소. 나는 확실히 진 소저의 다리와 엉덩이 쪽을 봤소이다."

"하! 역시 나한테 반한 거구나!"

"진 소저의 뛰어난 보신경에는 다소 반한 게 맞긴 하오."

"내 보신경에 반했다고?"

"그렇소. 진 소저가 일부러 내게 맞춰서 속도를 늦춰준 덕분에 보신경의 연동원리를 세세히 살필 수 있었거든."

"……."

진영언이 운검의 태연스런 대답에 입을 가볍게 벌렸다. 설마하니 그에게서 이런 대답이 돌아오리라곤 상상조차 하지 못했기 때문이다.

운검이 곧 화제를 바꿨다.

"그런데 저 앞에 뭔가 나타난 게요?"

"넌 내 뱃속의 회충이냐? 어찌 그리 모든 걸 다 아는 거지?"

"간단하오. 진 소저 같은 사람이 길을 재촉하던 중에 농담 따위나 하려고 내게 돌아왔을 리 없지 않소?"

"쳇, 입에 기름을 발랐는지 말은 잘하는군."

나직이 혀를 찬 진영언이 고개를 방금 전에 앞서 걷던 방향으로 까닥거려 보였다.

"저 앞에 낯익은 녀석들이 잔뜩 모여 있더라."

"서패 북궁세가의 무사들?"

"그래. 그런데 이상한 건 그 무리 중에 반드시 있어야 할 사람이 보이지 않는다는 거야."

"북궁휘!"

"북궁휘?"

진영언이 눈매를 가늘게 만들었다. 운검이 자신의 마음을 넘겨짚는 것에는 이미 익숙해져 있었다. 다만 그녀를 놀라게 만든 건 그의 입에서 흘러나온 '북궁'이란 성씨였다.

운검이 설명하듯 말했다.

"진 소저가 반한 상대의 이름이오. 내 두 번 말하지 않을 테니 똑똑히 기억해 두시오."

"북… 궁휘!"

나직이 운검이 말한 이름을 되뇌어 보인 진영언이 갑자기 안색을 붉히며 버럭 소리 질렀다.

"이 자식, 누가 누구한테 반했다는 거얏!"

"북궁휘란 사내지, 누구겠소."

"뭐얏!"

연달아 소리를 지르는 진영언을 운검은 외면했다. 아예 대답조차 하지 않았다.

스슥!

그는 구궁보를 펼쳐 진영언을 뒤로하고 앞으로 나섰다. 진영언의 말을 듣고 든 의심이 맞는지를 확인해야만 했다.

한군데 모여 있는 한 무리의 무인들.

그 중심에 북궁휘를 홀로 남겨두고 떠나온 염무극이 있다. 그는 휘하의 북풍단 무사들에게 사방 경계를 시킨 후 홀로 너른 바위에 몸을 뉘고 있었다.

하늘.

그의 시선이 향하고 있는 장소다.

어떻게 보든 새벽부터 수백 명이나 되는 녹림도들이 펼친 천라지망에 빠져서 고전해야만 했던 자로는 결코 보이지 않는 모습이다.

툭!

그런 염무극의 발치로 돌멩이 하나가 떨어져 내렸다. 정확히 그의 네활개치고 있는 두 다리 사이였다.

'이건……'

염무극은 북궁세가에서도 최전방을 지키는 북풍단의 부단주다. 피와 살이 튀는 전장에서 잔뼈가 굵은 자다. 이런 경우 굼뜬 동작을 보일 정도로 머리가 나쁘지도 않았다.

스윽!

손바닥으로 바위를 치며 신형을 일으켜 세우자마자 염무극은 일성대갈을 터뜨렸다.

"원진(圓陣)!"

"원진!"

다소 흐트러진 채 사방 경계에 임하고 있던 무사들이 염무극의 명에 복명한 후 재빨리 원형의 진세를 구축했다. 어떤 방향에서 적이 밀려오더라도 대처하기에 용이한 기본 진형에 들어간 것이다.

염무극이 그 중심에 서서 시선을 한쪽 방면으로 고정시켰다. 방금 전 그의 다리 사이에 떨어져 내린 돌멩이가 날아든 방향이었다.

'으음, 설마 유 총관이 나까지 살인멸구(殺人滅口)를 하려는 건 아닐 테지?'

순간적으로 염무극의 뇌리를 스쳐 간 생각 하나.

암향십삼탄을 펼쳐 염무극을 경동케 한 후 슬그머니 모습을 드러낸 운검에게로 고스란히 전해졌다.

'유 총관에 살인멸구라……'

운검은 진한 음모의 향기를 느꼈다. 전날 북궁휘와 속속을 나누며 얻은 그의 신세 내력과 결합시켜 생각하자니, 자연스레 그런 답이 도출되었다.

"귀찮게 됐군."

운검의 솔직한 심사다. 어쩌다 보니 그다지 엮이고 싶지 않은 북궁세가 내부의 권력 투쟁에 끼어들고 말았다는 생각이 든 까닭이다.

그렇다 해도 이미 엎질러진 물이다. 이제 와서 발뺌하고 나 몰라라 할 수도 없는 문제다.

긁적!

목젖을 손가락으로 한차례 긁어 보인 운검이 자신을 향해 살기를 풀풀 풍겨내고 있는 염무극을 향해 퉁명스레 외쳤다.

"잘도 천라지망의 한가운데서 놀고 있군. 모시고 있던 주인은 내팽개치고서 말야."

"네놈은 전날……"

"구면인 거 알아. 그래도 당신 같은 사람과 친분을 쌓고 싶은 생각은 없으니까 서로 말은 트지 말자구."

"뭐라고! 이놈이 감히 내가 누군 줄 알고……."

"모시던 주인을 사지(死地)에 버려두고 온 후레잡놈이지. 헛소리 그만 하고 주인을 놔두고 온 곳이나 말해!"

"……."

염무극이 입을 한일자로 닫았다.

갈등.

그는 이번 음모의 내막을 모두 알고 있는 듯한 운검의 일갈에 크게 놀랐다. 당장 달려들어 목숨을 취하고 싶으면서도 뒤가 캥겨왔다. 비록 수족처럼 부리는 수하들뿐이라곤 하나 후일 입막음하기가 쉽지 않겠다는 판단 때문이다.

이는 운검이 노리던 바다.

그는 염무극이 갈등하는 사이 대충 북궁휘가 있는 곳을 알아냈다. 지난 오 년여간 저주처럼 함께해 온 덕분에 천사심공의 작용 원리를 근래 들어 어느 정도 가늠할 수 있게 된 덕을 봤다.

'하긴 아무리 내부의 권력 투쟁이 있다곤 해도 북궁세가의 피를 이은 북궁휘를 직접 죽일 순 없었을 테지. 하지만 그렇다곤 해도 북궁세가는 과연 대단하군. 강북 녹림십팔채까지 자기 마음대로 이용할 수 있을 정도라니!'

북궁세가가 속한 사패는 명색이나마 정파다.

마도나 사파와 거의 차이없는 취급을 하는 녹림과 선을 대기란 결코 쉬운 일이 아닐 터였다. 혹여 다른 정파의 제문파에 소문이라도 난다면 입장이 크게 곤란해질 게 분명한 까닭이다.

　내심 고개를 갸웃해 보인 운검이 다시 살기를 뿜어내기 시작한 염무극에게 경고하듯 말했다.

　"이곳은 강북 녹림십팔채의 천라지망이 펼쳐져 있는 장소요. 그 한가운데로 나같이 무공도 변변찮은 자가 혼자 들어왔을 거라고 믿을 정도로 바보는 아닐 거라 믿겠소."

　"그……."

　"아아, 당신의 입장도 내 충분히 이해하고 있소. 이렇게 날 보내기엔 수하들의 눈도 있는데 쪽팔리겠지. 그래서 특별히 내가 대신 화풀이할 사람 한 명을 소개시켜 주겠소."

　"……."

　"자! 천하에 명성이 자자한 강남 녹림의 총표파자인 진영언 소저가 여기 있소!"

　운검은 갑자기 목소리를 높이더니, 슬그머니 뒤편에 물러서 있던 진영언 쪽으로 암향십삼탄을 펼쳤다.

　파곽!

　암습에 가까운 암향십삼탄에도 불구하고 진영언은 어렵지 않게 신형을 날려 피해냈다. 이번에는 천사심공으로 그녀의 허점을 노리지 않았기 때문이다.

　"무슨 짓이얏!"

재빨리 운검에게 다가선 진영언이 눈매를 가늘게 한 채 노려봤다.
 운검의 대답은 간명했다.
 "아무래도 진 소저가 이곳을 맡아줘야겠다는 뜻이오."
 "뭐라고?"
 "난 좀 바빠서 말이오."
 그 말을 끝으로 운검이 구궁보를 펼쳐 재빨리 신형을 뒤로 빼냈다.
 스파앗!
 어느새 원진을 뒤로한 채 염무극이 신도합일(身刀合一)해 오고 있었다.
 목표는?
 당연히 지난밤 교전을 벌인 바 있었던 진영언이다.

第十二章

금란사제(金蘭師弟)
먼저 의형제를 맺은 후 구배지례를 한다

華山
劍宗

"이 개자시이이익……."

운검은 등 뒤로 들려오는 진영언의 절규를 상큼하게 무시했다. 슬며시 손까지 흔들어줬다.

지난 며칠.

함께하며 파악한 진영언의 무위는 거의 초절정에 근접해 있었다.

특히 보신경이 일품이다.

웬만한 고수들에게 협공을 당한다 해도 충분히 자신의 한 몸 정도는 빼낼 수 있을 게 분명했다. 이번에 소림사의 칠십이절기에 속한 항마금강기공을 연마한 강패와의 대결을 보고

가지게 된 확신이었다.

'그러니 진 소저, 잠시만 뒤의 잡놈들을 붙잡아놓고 있으라구. 나는 일단 위기에 빠진 북궁휘부터 구해야 하니까 말야.'

운검은 내심 진영언에게 두 손을 모아 보이고 구궁보를 펼치는 발끝에 더욱 힘을 줬다.

어째서 이런 마음이 드는지는 모르겠다.

운검은 한차례 비무를 한 후 마음이 통한 북궁휘의 안위가 진심으로 걱정되었다. 그가 진심으로 싸운다면 어떤 상대하고 붙어도 결코 약세를 보이지 않을 천재적인 자질의 소유자란 걸 알고 있음에도 그러했다.

그렇게 한참을 구궁보를 밟으며 체력을 소모했을 때였다.

운검은 가쁜 숨을 몰아쉬던 와중에 귀를 한쪽으로 기울였다.

'파공성!'

자하신공을 잃으며 천시지청술 역시 운용하지 못하게 되었지만 운검의 이목은 일반인보단 훨씬 나았다. 느닷없이 귓전을 울린 금속성을 놓치는 우를 범하진 않았다.

"후욱!"

한차례 숨을 길게 들이마심으로써 호흡을 조절한 운검이 파공성이 인 방향으로 빠르게 다가들었다. 산등성이 하나가 그렇게 지나갔다.

사사삭!

 산등성이를 넘으며 여태까지와 달리 구궁보를 배제한 운검의 움직임이 신중해졌다. 이동 속도를 오히려 늦추고 주변의 지형지물을 이용해 몸을 숨겼다. 현 상황을 먼저 파악한 후 손을 써야 한다는 판단이었다.

 그때다.

 느닷없이 몇 차례에 걸쳐 터져 나온 금속성과 함께 짤막한 단말마가 운검의 귓전을 때렸다.

 "으아악!"

 '북궁휘란 사내는 자존심이 강해. 이런 돼지 멱따는 소리를 단말마랍시고 터뜨리진 않을 거야.'

 내심의 중얼거림과 달리 운검의 이동 속도가 조금 빨라졌다. 여전히 이성은 냉철했으나 심장 어림의 온도가 평소와 달랐다. 뜨겁게 달궈지고 있는 것이다.

*   *   *

 '큭!'

 북궁휘는 잇새로 터져 나오려는 신음을 꿀꺽 삼켰다.

 거의 삼십여 합에 걸쳐 안원을 비롯한 사잔의 연수합격에 시달려야 했던 북궁휘는 점차 내력이 고갈되는 걸 느꼈다. 체질과 맞지 않는 소천신공을 계속 무리하게 운용하다 보니 진기가 불순해지고 혈맥이 터질 것처럼 부풀어 오르고 있었다.

'이대론 고목나무처럼 진기가 고갈돼서 죽는다!'

북궁휘가 내린 결론이었다.

그는 결국 방금 전의 일합에 승부를 걸었고, 그 결과 옆구리에 상당히 심한 부상을 입었다. 좌측에서 공격하던 편사 남희인의 채찍을 검면으로 때리곤 품으로 파고들어 목젖에 바람구멍을 낸 대가였다.

그것만으로 끝일 리 없다.

정면에서 강한 일도를 날린 안원의 단섬일도류가 다시 펼쳐졌다.

이미 옆구리를 길게 베인 상황!

안원의 도세는 지극히 위협적이었다.

게다가 그 순간을 노려 북궁휘의 훤히 드러난 등판을 향해 단창쌍인 소광의 쌍인창이 파고들었다. 운중사 여일독의 독조 역시 마찬가지다.

파팟!

파파팟!

절체절명의 위기!

누구든 북궁휘가 현재 처한 상황을 보게 된다면 그리 생각할 터였다. 그만큼 옆구리를 한 손으로 부여잡고 있는 그의 모습은 위태로워 보였다.

그러나 막 소광의 쌍인창과 여일독의 독조가 북궁휘의 등판을 꿰뚫으려는 찰나였다. 핏물이 배어 나오는 옆구리를 손으로 짚고 있던 북궁휘가 발끝으로 지축을 박찼다.

휘릭!

마치 물 찬 제비와 같다.

번뜩이는 그림자만을 남긴 채 신형을 위로 솟구친 북궁휘의 단장검이 연달아 십여 개의 검영을 만들어냈다. 목표는 삽시간에 공격에서 수세로 상황이 반전된 소광과 여일독이다.

'필사즉생(必死卽生)!'

북궁휘는 입 밖으로 터져 나오려는 핏덩이를 삼키며 내심 부르짖었다.

그 순간 북궁휘의 단장검에서 일어난 쾌속의 검영들이 소광과 여일독을 휘어감았다.

그리고 폭발!

연수합공의 실패를 깨닫자마자 재빨리 쌍인창을 되돌린 소광의 입에서 피화살이 터져 나왔다. 여일독은 양손의 독조를 늘어뜨린 채 바닥에 주저앉아 버렸다.

그들의 대응이 늦어서가 아니다. 북궁휘가 펼친 검이 너무 빨랐다.

"크아악!"

소광의 입에서 피가래가 섞인 비명이 터져 나왔다. 황급히 뒤로 돌려가던 쌍인창 역시 바닥에 떨어져 내렸다.

놓쳐서가 아니다. 창대를 잡고 있던 팔뚝이 통째로 잘려 나갔기 때문이다.

다른 곳 역시 그리 사정이 좋진 않다.

왼 눈을 막은 왼손 사이로 피가 흘러내린다. 얼굴 반면이 쪼개져서다. 뿐만 아니라 세로로 길게 베인 복부에서는 언뜻언뜻 창자가 보인다. 누가 보더라도 완벽한 치명상이다.

여일독은?

그는 아예 피바다 속에 무너져 내린 채 의식불명에 빠졌다. 이미 절명했음이 분명하다.

물론 북궁휘 역시 무사하진 못했다.

뒤에서 급습한 소광과 여일독을 쾌속검으로 휩쓸고 바닥에 내려선 북궁휘는 신형을 크게 휘청거렸다. 다시 안원의 단섬일도류에 허벅지를 베인 까닭이다.

안원의 두 눈이 붉게 달아올랐다. 이 역시 크게 갈린다.

"뿌득! 서패 북궁세가! 과연 대단하구나! 고작해야 약관을 갓 넘긴 애송이에게 우리 오잔이 이런 꼴을 당할 줄이야!"

"……."

북궁휘는 대답하지 않았다. 다만 그는 자신을 향해 극렬한 살기를 뿌리며 천천히 다가서고 있는 안원을 무심히 바라볼 따름이었다.

'여기까진가! 무리하게 소천신공을 연달아 일으킨 탓에 기혈이 완전히 뒤엉켜 버렸다. 상처 역시 심상치 않고. 지금으로선 단장검을 들고 있기도 쉽지 않을 지경이야…….'

북궁휘는 호흡조차 조절하지 않았다.

이제 와서 다시 소천신공을 일으키기 위해 노력해 봐야 한 줌의 진기조차 끌어올리지 못할 게 분명했다. 창파도법을 익히는 동안 무수히 많이 경험했던 좌절이 그로 하여금 현 상황을 냉정하게 파악할 수 있게 해줬다.

'아쉽구나! 다시 운검 형, 그를 만나고 싶었는데……'

운검과의 비무.

그의 인생에 있어서 가장 가슴이 뛰었던 순간이었다. 처음으로 무가에서 태어나 무인이 되길 잘했다는 생각이 들었기 때문이다.

당연히 아쉬움의 감정이 없을 수 없다. 최선을 다했다 해도 그건 마찬가지였다.

그때다. 평상시 결코 타인에게 내보인 적이 없던 도기를 자신의 도에 담은 안원이 북궁휘에게 파고들었다.

일도양단(一刀兩斷)의 기세!

북궁휘의 두 눈이 부릅뜨였다. 마지막 순간을 맞아 당당하게 가슴을 펴고 싶다는 일념에서만은 아니다. 안원이 갑자기 펼쳐 보인 도기가 낯설지 않아서였다.

"나려타곤(懶驢打滾)!"

'이 목소리는……'

북궁휘는 다급한 일갈을 듣자마자 어디에서 힘이 났는지 만신창이가 된 몸을 옆으로 날렸다. 보신경 따위가 아니다.

그냥 늙은 나귀와 같이 바닥을 뒹굴었다.

따당!

그와 거의 동시에 바닥을 구르는 북궁휘의 귓전을 때리는 날카로운 소성이 있었다. 산이라도 쪼갤 듯하던 안원의 도기 역시 약간이나마 흐트러짐을 보였다. 그 결과 북궁휘는 가까스로 몸이 두 조각으로 잘리는 걸 면했다.

'도대체 어떤 놈이!'

안원이 바닥에 널브러진 북궁휘에게 살기 어린 시선을 던지곤 곧바로 신형을 돌려세웠다. 막 북궁휘를 두 토막 내려던 찰나 도신을 두들긴 돌멩이를 던진 상대를 찾기 위함이었다.

정확하게 변화의 맥을 짚은 일격!

강북 녹림십팔채에 투신한 후 단 한 번도 사용한 적이 없는 비장의 도초를 정확하게 파악하지 않고선 있을 수 없는 일이다. 마음이 크게 걸리지 않을 수 없었다.

"후우!"

운검은 자신을 향해 신형을 돌려세우는 안원을 살피곤 한차례 탁한 호흡을 내뱉었다.

또다시 이동 속도를 높이기 위해 구궁보를 펼쳤다.

거기다 암향십삼탄까지!

마침 천사심공이 안원이 머릿속에 떠올린 일초식의 도초를 전해주지 않았다면 간발의 차로 북궁휘는 목숨을 잃었을 것이다. 운검이 파악한 도초의 위력이라면 능히 그럴 만했다.

어찌 보면 마치 처음부터 짜놓은 것 같은 결과다.

그랬다.

그러나 운검은 곧바로 자신을 노리며 파고들어 온 안원의 섬뜩한 단섬일도류와 맞닥뜨려야만 했다. 서로 짜놓고 하는 짓에선 절대로 보일 수 없는 살기등등한 공격이다.

쉬악!

도기가 이르기도 전에 날카로운 파공성이 귓전을 울린다. 그 정도로 내력이 충만한 일격이란 뜻.

스슥!

운검이 사선을 그리며 떨어져 내린 도기를 피해 신형을 옆으로 이동시켰다.

이미 주먹이 꽈악 쥐어져 있다.

퍽!

구궁보로 단섬일도류의 허점을 파고든 운검의 주먹이 안원의 부상당한 어깨를 때렸다.

죽엽수(竹葉手)!

변화만 그렇다. 죽엽수를 펼치는 데 반드시 필요한 자하신공의 진기 따윈 한 점도 담겨져 있지 않았다. 그래서 주먹을 쥐었고, 일부러 상처 입은 곳을 노렸다.

"크으!"

안원의 입에서 짐승 같은 신음이 흘러나왔다. 임시로 피를 막기 위해 점혈해 놨던 곳에 주먹이 박혀들었으니 아프지 않을 리 없다.

'안타깝게도 강철 같은 의지의 소유자군. 이런 상황에서 반격을 노리다니……'

운검이 눈살을 찌푸렸다.

고통을 참고서 자신을 향해 도를 날리려는 안원의 강인한 태도에 귀찮다는 생각이 들어서다. 이런 식으로 근성을 발휘하는 상대는 적당히는 제압할 수 없기 때문이다.

퍅!

이가 없으면 잇몸이란 말이 있다.

자하신공 대신 지축을 강하게 박차는 진각을 통해 발경(發勁)을 일으킨 운검의 발이 안원을 향해 다시 뻗어갔다.

표미각!

노린 곳은 이번에도 안원의 상처 입은 어깻죽지다. 발경까지 일으킨 만큼 아무런 내력이 담겨져 있지 않던 죽엽수와는 비교가 되지 않을 정도로 맹렬한 일격이다.

"크악!"

안원의 입에서 결국 비명이 터져 나왔다. 운검을 노리던 도첨 역시 크게 휘청거린다.

그 짧은 틈을 타서 다시 진각을 일으키며 뛰어오른 운검이 안원의 어깨를 찍듯이 밟으며 신형을 급격하게 회전시켰다. 그리고 공중에 뜬 상태로 안면을 격타!

쿵!

안원이 결국 바닥에 대 자로 뻗어버렸다.

묵사발이 된 얼굴.

입가에 흘러내리는 게거품.

의식을 완전히 잃어버린 상태임에도 수중에 들고 있는 도만큼은 놓치지 않고 있다.

타탁!

표미각에 이어 연달아 소요퇴법을 무리하게 사용하고 바닥에 떨어져 내린 운검의 신형이 가볍게 흔들거렸다.

아주 짧은 순간의 격투임에도 다시 심장이 두근거려 온다. 방금 상대한 안원이 제법 대단한 무위를 이룬 상대임을 웅변하는 현상이다.

'역시 처음에 생각했던 게 옳군. 내 심장에 박혀 있는 빌어먹을 마정에 대해서 한 가지 더 알게 되었어······.'

운검이 내심 호흡을 가다듬으며 고개를 끄덕거렸다. 심장에 자리 잡고 있는 마정의 기운이 무공에 대해 진심이 될 때만 심각하게 난동을 부린다는 걸 깨달았기 때문이다.

그때 나려타곤을 멈추고 천천히 자리에서 몸을 일으킨 북궁휘가 운검을 향해 다가왔다.

"운검 형······."

"여!"

운검이 생각을 멈추고 북궁휘에게 어깨를 한차례 추어 보였다. 방금 전에 혈전을 벌인 사람답지 않은 모습이다.

북궁휘가 수중의 단장검을 거꾸로 한 채 정중하게 허리를 숙여 보였다. 그리고 말투 역시 전과 달리 공손하다. 생명의 은인이기 때문이다.

"구명지은에 감사드립니다."

"말로만?"

"예?"

숙였던 허리를 들어 올리던 북궁휘가 당황한 기색을 얼굴에 담았다. 운검에게서 이런 반응이 돌아올지 몰랐기 때문이다.

운검이 정색을 했다.

"뭘 그렇게 놀라. 세상에 본래 공짜란 게 없는 법인데. 다만 지금은 먼저 처리할 일이 있으니까 이 얘긴 일단 뒤로 미루자구."

"……."

북궁휘가 미처 대답을 하기도 전이다.

운검이 살짝 호흡을 한 모금 머금더니, 갑자기 신형을 날려 북궁휘의 어깨 위로 뛰어올랐다.

목마를 탄 듯한 형상.

'빠르다!'

운검을 목마 태우게 된 북궁휘가 내심 부르짖었다. 비록 중상을 당해 경황이 없긴 했으나 이런 식으로 상대방에게 요혈을 내주게 될 줄은 꿈에도 몰랐다.

그때다. 북궁휘에게 목마를 탄 채 주변을 이리저리 둘러본 운검이 갑자기 잔뜩 목청을 높여 부르짖었다.

"이곳에 있는 건 서패 북궁세가의 삼공자인 북궁휘다! 또한 주변에는 북궁세가의 북풍단의 무사들이 있다! 이미 우두머리들이 몽땅 당했으니, 더 이상 얼쩡거리다가 괜스레 아까운 목숨 잃지 말고 꺼져라!"

'천라지망……'

북궁휘는 문득 깨닫는 바가 있었다.

오잔 외에도 이 근방에는 수백이나 되는 녹림도들이 단단하게 포위망을 구축하고 있었다. 비록 그들 중 오잔 정도 되는 고수들이 포함되어 있지 않다 해도 그 정도 숫자는 충분히 위협적이다. 쉽사리 검을 휘두를 수 없을 정도의 중상을 당한 상황이기 때문이다.

그렇다면 어찌하는 게 최선의 방도일까?

운검은 대뜸 어찌 보면 사문인 화산파와 견원지간(犬猿之間)이라고 할 수도 있는 북궁세가의 명성을 팔았다. 섬서성에서 그 이름이 갖는 위치를 누구보다 잘 알고 있는 게다.

과연 북궁휘가 전후의 사정을 따져 보곤 내심 감탄하는 사이 주변에서 우왕좌왕하며 도망가는 녹림도들의 모습이 보였다. 운검의 단 한 마디에 천라지망이 깨져 버린 것이다.

문득 한쪽 귀를 살짝 기울인 채 주변 움직임을 살피던 운검이 입가에 흐릿한 미소를 담았다.

금란사제(金蘭師弟) 53

스르륵!

입가의 미소가 사라지기도 전에 운검은 목마를 풀고 북궁휘의 등 뒤로 떨어져 내렸다. 처음부터 계획하고 있었던 것처럼 빠르고 정확한 움직임이다. 그리고 한마디 한다.

"내가 호법을 서줄 테니까 얼른 내기를 가다듬도록 해. 소천신공 말고 다른 걸로 하는 게 좋을 거야."

"그, 그러지요."

북궁휘는 대답과 함께 가부좌를 틀면서 문득 운검에게 흠모의 시선을 던져 보였다.

소천신공의 진기도인법.

북궁세가의 비전절학인만큼 결코 외부로 유출된 적이 없다. 당연히 운검이 소천신공에 대해서 아는 지식이라곤 전날 북궁휘와 한차례 대결을 벌인 결과 파악한 게 전부일 터다.

'그런데도 소천신공이 특유의 패도적인 진기 운용 방식 탓에 내상을 입은 후의 운기요상에는 크게 도움이 되지 않는다는 걸 알고 있다니! 진정 그 능력의 끝이 어디인지 모르겠구나!'

내심 고개를 가로저은 북궁휘가 두 눈을 스륵 감았다. 운검에게 완전히 자신을 내맡긴 채 운기요상에 들어간 것이다.

*　　*　　*

진영언의 얼굴은 홍옥처럼 붉게 달아올라 있었다.

분노로 탄력적이고 교염한 몸 전체가 당장이라도 폭발할 것만 같았다.

분명히 그래 보였다.

원인은 누가 뭐래도 운검이다. 그로 인해 쉽지 않은 고수인 염무극과 북풍단 무사들에게 죽도록 연수합격을 당해야만 했다.

서패 북궁세가의 정예!

녹림에 속한 어줍잖은 고수나 산적들의 설렁설렁한 합공과는 차원 자체가 다르다. 비록 그들보다 월등한 무위를 지닌 진영언이라곤 하나 그들을 완전히 떼어놓는 데는 꽤나 애를 먹어야만 했다.

'죽여 버릴 테다! 반드시 죽여 버릴 거야!'

진영언은 내심 다짐하고 또 다짐했다. 항상 운검만 만나면 묘하게 자신의 뜻과는 맞지 않게 상황이 흘러가곤 했다. 하지만 이번엔 다르다. 그녀는 이번에야말로 반드시 자신의 뜻을 관철시키려는 열의에 가득 차 있었다.

그런데 막 그녀가 운검을 발견했을 때다.

불영신법을 최고조로 펼쳐서 운검의 앞에 도달한 그녀의 안색이 가볍게 변했다.

'저건…….'

운검이 바람같이 자신의 앞에 도달한 진영언에게 힐끔 시선을 던지더니, 갑자기 손가락 하나를 입에 갖다 댔다.

"쉿!"

"뭐… 하고 있는 거냐?"

"호법을 서고 있잖소. 보고도 모르시오?"

"천라지망이 펼쳐져 있는 곳에서?"

"천라지망은 대충 끝났소이다. 의심이 나시면 내기를 활성화시켜서 살펴보시오."

"……"

진영언은 대꾸하는 대신 진짜로 그리했다. 단전에서 절정의 극에 달한 내력을 운기해서 내기를 사방으로 뻗어냈다. 기의 그물망을 활짝 펼친 것이다.

운검이 그 모습을 보고 한마디 던진다.

"평상시엔 화통하게 굴더니만, 의심은 많아서……."

"뭐라고!"

대뜸 진영언의 눈꼬리가 위로 치켜 올라갔다.

운검이 옆으로 고개를 돌렸다.

"별로."

"별로는 무슨! 방금 전에 의심은 많아서라고 했잖아!"

"역시 내공이 높으니 귀도 밝구만. 그럼 내가 한 말이 틀리지 않았다는 것도 아셨겠구려?"

"이……."

진영언은 이번에도 운검에게 당했다고 생각했다. 화를 내고 싶은데 계속 그에게 선수를 빼앗겼다. 이가 부드득거리며 갈리지 않을 수 없다.

그러나 운검은 이미 진영언이 폭발할 시기를 놓쳤다는 걸 알았다. 그녀에게 픽 하니 미소를 던지며 말했다.

"마침 때맞춰 잘 오셨소."

"뭐……."

"저기 널브러져 있는 사내의 마혈 좀 제압해 주시오."

"……."

진영언은 그제야 주변 상황에 시선이 갔다. 평상시 같으면 절대로 이렇게 방심하진 않았을 터이나 운검을 만난 후에 또다시 크게 휘둘려 버렸다.

'저들은…….'

진영언이 비록 강남에서 주로 활동했다곤 하나 강북 녹림 십팔채에 대해선 아는 바가 적지 않았다. 주변에 비참한 꼴로 널브러져 있는 오잔의 독특한 행색과 독문병기를 보고 곧 그들의 정체를 파악할 수 있었다.

오잔.

비록 진영언이 앞서 상대했던 강패와 직접적인 비교를 할 순 없으나 강남북 녹림도를 통틀어 손꼽힐 정도의 고수들이다. 특히 그들의 무서운 점은 연수합격과 추종술, 암계에 매우 능하다는 것이었다.

'게다가 오잔의 대형인 단섬도 안원은 무공이 절정에 이르렀을뿐더러 강북 녹림의 총표파자인 권마 우금극의 오른팔 격인 인물이다. 그런데 그런 자들을 나와 헤어진 얼마 안 되는 동안에 모조리 처리했다는 건가?'

진영언이 안원에게 다가가 그의 마혈을 제압하곤 운검 쪽으로 시선을 던졌다.

눈가에 머무른 작은 경이.

운검과 함께한 시간이 오래되면 될수록 지닌바 능력의 깊이를 알 수 없다는 생각이 들었다.

비록 용모로만 보면 영호준이나 북궁휘와 같은 미남자는 아니나 신비하게도 점차 깊숙이 뇌리 속에 각인되는 매력이 있기도 했다.

흠칫!

여기까지 사유의 영역을 이어가던 진영언이 갑자기 어깨를 한차례 떨어 보였다. 또다시 자신이 운검에게 확실히 휘둘려 버렸다는 생각이 든 까닭이다.

'왜 또 이렇게 되는 거야! 나는 분명히 저 녀석한테 따질 것이 있었는데······.'

진영언의 고운 입가로 가벼운 경련이 스쳐 지나갔다.

* * *

염무극은 한동안 고민에 빠져 있었다.

북풍단의 부단주에 오를 정도의 고수인 그다.

태양이 슬슬 중천을 향하고 있는 이때에 주변에서 일어난 극심한 변화를 파악하지 못했을 리 만무하다.

'이게 어떻게 된 일인가? 주변을 에워싸고 있던 녹림도들이 어째서 물러가 버리는 거냐고!'

염무극은 미간을 찌푸린 채 고심하다 얼마 전 놓쳐 버린 진영언을 떠올렸다. 느닷없이 벌어진 현 사태가 그녀와 분명히 관련있으리란 생각이 들었다.

녹림의 여인.

그것도 엄청난 고수다.

얼마 전까지 함께했던 삼공자 북궁휘의 말을 듣지 않았다 해도 신경이 쓰이지 않을 수 없다. 염무극과 북풍단 무사들의 연수합격을 아무렇지도 않게 돌파할 만한 고수는 북궁세가 내에서도 그리 많지 않았기 때문이다.

당연히 지금 벌어지고 있는 이해할 수 없는 상황을 염무극은 곧바로 그녀와 결부지었다. 그 외엔 총관 유성월의 밀명에 의해 비밀리에 접촉했던 안원과의 약속이 이처럼 어그러질 이유가 없다는 판단이었다.

그렇다면 삼공자 북궁휘의 암살은 실패로 돌아갔을 공산이 크다. 진영언이 안원과 같은 편이었다면 결코 자신에게 적의를 드러낼 까닭이 없었기 때문이다.

뚜둑!

여기까지 염두를 굴린 염무극이 자신도 모르게 주먹의 뼈를 소리나게 꺾었다.

인상 역시 크게 일그러져 있다. 어쩌면 자신의 남은 인생을 걸어야 할지도 모를 결정의 기로에 선 까닭이다.

'이렇게 되면 나에게 남은 건 두 가지뿐이다! 유 총관을 배신하고 삼공자에게 달려가서 자초지종을 설명하는 것과 북궁세가의 혈손에게 직접 칼을 대는 것!'

염무극은 이번 출정에 앞서 총관 유성월에게 받은 밀명을 그리 심각하게 받아들이지 않았다.

삼공자 북궁휘.

북궁세가의 가주 북궁한경의 자식들 중 가장 자질과 배경이 처지는 범재다. 친부인 북궁한경에게조차 눈 밖에 났을뿐더러 외가의 배경 역시 보잘것없는 죽은 측실의 소생이니, 설혹 사고사를 당한다 한들 그리 큰 문제될 건 없다는 판단이었다.

하지만 그렇다 해도 북궁세가의 혈손이다.

평생을 북궁세가의 영광을 위해 바쳐 왔던 염무극과 북풍단 무사들이 직접 손을 쓰는 것에 꺼림칙한 마음을 품는 건 당연했다. 흡사 금기를 범하는 것이나 다름없었기 때문이다.

게다가 만에 하나라도 이번 일이 누설될 우려가 있다.

그런 일이 벌어진다면 한두 개의 목숨 정도로는 해결이 되지 않는다. 적어도 삼족 이상이 몰살당할 각오를 해야 할 터였다. 그게 바로 당금 무림을 사등분하고 있는 서패 북궁세가의 철혈율이었다.

'하지만 이제 와서 유 총관을 배신할 수도 없다. 그의 뒤에는 이부인이 있으니까······.'

이부인.

북궁한경의 두 번째 부인이자 사공자 북궁단과 오공자 북궁열, 그리고 막내딸인 북궁상아의 모친인 장미부인 성옥월을 뜻한다.

그녀는 명성이 쟁쟁한 북경(北京) 대장군가(大將軍家)의 고명딸로 현 북궁세가의 양대파벌 중 한 축의 우두머리였다. 대공자 북궁정과 이공자 북궁결의 모친인 대부인 연화정과 북궁세가의 차대 계승권을 놓고 맹렬한 암투를 벌이고 있는 것이다.

그 같은 양대파벌의 힘은 백중세!

삼공자 북궁휘가 제거의 대상이 된 것은 오로지 그가 대공자 북궁정을 은연중에 따르는 것에 기인했다. 팽팽한 세력의 균형을 깨뜨릴 어떠한 불안 요소조차 용납하지 않겠다는 유성월의 심모원려(深謀遠慮)라 할 수 있겠다.

그 같은 사정을 염무극은 누구보다 잘 알고 있었다. 그렇기에 갑자기 뒤틀려 버린 현 상황을 맞아 쉽사리 마음의 결정을 내리지 못했다.

그러나 그는 본시 야전에서 잔뼈가 굵은 사람이다.

이런 식으로 계속 허무하게 시간만을 흘려보내고 있을 순 없었다. 어떤 식으로든 결단을 내려야만 했다.

"진명! 청관!"

염무극의 부름을 받은 북풍단의 양대 조장이 한걸음에 달려왔다. 복명 역시 이어진다.

"진명, 명을 받자옵니다!"

"청관, 여기 달려왔습니다!"

염무극이 두 사람에게 칙칙한 눈빛을 던지곤 무겁게 입을 열었다.

"자네, 두 사람이 날 따른 지 얼마나 되었지?"

"십오 년이 조금 넘었습니다!"

"십이 년 하고 다섯 달 정도인 것 같습니다!"

거의 동시에 떨어진 대답에 염무극이 미미하게 고개를 끄덕여 보였다.

"두 사람 모두 십 년이 훌쩍 넘었군. 벌써 그렇게나 세월이 흘렀어……."

뒷말을 조금 길게 끈 염무극이 눈에 안광을 담았다.

"지금 당장 자네들은 두 패로 나뉘어서 삼공자님을 찾게나! 모든 일에 우선해서 처리해야 할 일일 것이야!"

"그 이후엔 어찌해야 하는 겁니까?"

일시 대답을 못하고 머뭇거리는 청관 대신 진명이 질문을 던졌다. 두 사람 모두 북궁세가를 떠나며 염무극에게 이번 임무에 대한 언질을 어느 정도 받은 상황이었다. 이제 갑자기 명령이 바뀌니 당황하지 않을 수 없다.

염무극이 잠시 고심하는 표정을 짓더니, 곧 대답했다.

"먼저 삼공자님의 현 상황을 면밀하게 살피도록 하게! 그리고 지체없이 내게 달려와서 보고를 하는 거야! 다음 명령은 그 이후에 내릴 것이니까."

"복명!"

"복명!"

진명과 청관이 동시에 대답했다. 그들 역시 이번 상황이 묘하게 꼬였음을 눈치 채고 있었던 것이다.

*   *   *

부르르!

북궁휘는 운기요상을 끝마치곤 상반신 전체를 잠시 동안 떨어 보였다.

묘한 느낌.

반개한 눈을 뜨지 않았음에도 그는 전신의 솜털이 일제히 일어서는 감각을 느꼈다. 누군가 자신을 지켜보고 있다는 확신 때문이다.

'도대체 누가 이리 무례한 짓을 한단 말인가…….'

내심 눈살을 찌푸리며 북궁휘는 눈을 떴다. 소주천을 하면서 체내의 정체된 기운을 어느 정도 치워 버린 진기는 이미 하단전으로 모조리 갈무리를 한 상황이다.

과연 북궁휘는 눈을 뜨자마자 익숙한 얼굴 하나와 조우하게 되었다.

운검이다.

그는 북궁휘와 마찬가지로 가부좌를 틀고 앉은 채 두 눈을 반개하고 있었다.

거의 숨결이 느껴질 정도의 거리다.

그렇게 가까이 앉은 채 그는 운기요상을 하고 있던 북궁휘와 똑같은 자세를 취하고 있었다. 도대체가 범인으로선 이해가 가지 않을 정도의 기행이다. 누가 봐도 그리 생각할 터였다. 북궁휘 역시 마찬가지다.

그때다. 마치 북궁휘의 그 같은 생각을 읽기라도 한 듯 뒤이어 눈을 뜬 운검이 이를 드러내 보이며 미소를 던졌다.

"재밌군, 재밌어."

'뭐가 재밌다는 건가······.'

북궁휘가 다시 눈살을 찌푸리자 운검이 가부좌를 풀고 천천히 자리에서 일어섰다. 엉덩이를 툭툭 터는 모습이 무척이나 한가롭다.

"이봐, 자네 혹시 북궁세가를 버릴 생각은 없나?"

"그게 무슨······."

북궁휘의 말은 끝까지 이어지지 못했다. 운검이 곧바로 잘라 버렸기 때문이다.

"자네도 이미 알고 있잖아! 이번 사태가 어떻게 벌어진 것인지! 게다가 자네의 체질은 북궁세가의 소천신공이나 창파도법과는 결코 어울리지가 않아. 비록 지금까진 천재적인 오성과 부단한 노력으로 무공 수위를 높였지만, 그게 다야. 이대론 결코 지금 이상의 성취를 기대할 순 없을 거야."

"……."

북궁휘는 언제 눈살을 찌푸렸냐는 듯 입을 한일자로 다물었다.

운검의 일갈!

북궁휘 자신이 누구보다 잘 알고 있는 바였다. 그동안 무수히 많이 고심을 했기 때문이다.

하지만 그 같은 속내를 타인이라 할 수 있는 운검에게 직접적으로 듣고 보니, 가슴 한구석이 크게 답답해 왔다. 한가닥 반항심이 없진 않았으나 항변조차 할 수 없을 정도로 운검에게 압도당한 까닭이다.

운검이 그런 북궁휘를 보고 목젖을 손가락으로 한차례 긁적였다.

"뭐, 그렇다는 얘기야. 어차피 자네의 인생이니, 내가 감 놔라 배 놔라 할 순 없는 게지. 하지만 노파심에서 한마디 더 하자면, 자네가 북궁세가를 포기하지 않는다면 앞으로 오늘 같은 일을 무수히 많이 만나게 될 거야. 어쩌면 같은 가문의 인물들과 피를 흘리며 싸워야 할지도 모르지."

'이대로 가면 결국 그리될 것이다. 분명히……'

북궁휘는 자신의 내심을 바늘처럼 콕콕 찔러대는 운검의 말에 얼굴색을 몇 차례나 변화시켰다. 주먹 역시 몇 차례나 쥐락펴락하는 것이 심중의 격동이 극심함을 알 수 있다.

운검이 그런 북궁휘를 보곤 역시 입을 다물었다. 북궁휘에게 하고 싶은 말은 모두 끝냈다. 그가 운기요상을 하는 동안 천사심공으로 진기운행을 관(觀)한 결과를 그냥 입 다물고 지나칠 순 없다는 판단 때문이다.

'그렇다 해도 결국 결론을 내리는 건 북궁휘의 몫이다! 그와 나의 인연은 여기뿐인 거야.'

내심 중얼거린 운검이 신형을 돌리려 할 때였다.

한참 동안 침묵하고 있던 북궁휘가 갑자기 목청을 높여 외쳤다.

"운검 형님! 잠시만 기다려 주십시오!"

'운검 형님?'

운검이 북궁휘의 갑작스런 호칭에 잠시 걸음을 멈추고 입가에 가벼운 미소를 매달았다.

운검과 북궁휘.

겉으로 보이는 두 사람의 나이대는 거의 비슷했다.

운검은 스물다섯 살로 이십대 중반이고, 북궁휘는 약관을 갓 넘긴 이십대 초반이나 나이 차이가 거의 없어 보였다. 전적으로 운검이 도사 생활을 하는 동안 이룬 수행으로 인해 동안(童顔)인 까닭이다.

하지만 운검은 계속 북궁휘를 손아래 동생처럼 여기고 있었다.

대충 자신보다 몇 살 어려 보이는 데다 우연찮게 내심을 들여다보고 왠지 마음에 들었다. 전적으로 그의 암울했던 어린 시절과 북궁세가 내에서의 불안한 현 위치가 자신의 처지와 동조를 일으킨 때문이다.

상황이 그렇다 보니, 운검은 여태까지 자연스레 하대를 하고 있었는데, 북궁휘가 그 같은 점을 눈치 채고 선수를 치고 들어왔음에 분명하다.

"운검 형님, 저는 오늘 형님 덕분에 목숨을 건지게 되었습니다!"

"어, 그랬지."

"그래서 오늘 형님과 금란지교(金蘭之交)를 맺고 싶으니, 부디 허락해 주시기 바랍니다!"

"그, 금란지교를 맺자고……."

"예!"

'또 대답은 잘하는 녀석이다!'

북궁휘의 우렁찬 대답에 운검이 얼굴의 반면을 가볍게 떨어 보였다. 문득 툭하면 흥분하기 잘하는 사고뭉치 제자 영호

금란사제(金蘭師弟) 67

준이 떠올랐기 때문이다.

그때 북궁휘가 갑자기 목소리를 낮춰 말했다.

"그리고 형님, 금란지교를 맺은 이후에 다시 한 가지 부탁을 더 드리고 싶습니다."

"또 뭘?"

"형님께 구배지례를 하고 싶습니다."

"왜?"

"형님께서 방금 전에 북궁세가를 떠나지 않겠냐고 말씀하셨잖습니까?"

"그야, 그런 말을 하긴 했지만……."

"전날 형님과 비무를 한 후 곰곰이 생각해 본 결과 역시 제게 북궁세가의 무공은 맞지 않는다는 걸 깨달았습니다. 하지만 이제부터 북궁세가를 떠나서 저만의 독창적인 무공을 완성할 자신도 없습니다. 그래서 저는 형님의 문하에 들어가서 다시 처음부터 무공을 연마하고 싶어졌습니다. 그러니 부디 허락해 주십시오!"

"……."

운검은 내심 혀를 찼다. 북궁휘의 말을 듣자니, 완전히 제 무덤을 제가 판 격이었기 때문이다.

그때다. 두 사람과 조금 떨어진 채 마혈을 점혈한 안원의 상태를 지켜보고 있던 진영언이 뾰족한 목소리로 소리쳤다.

"거기 두 사람! 이 자식, 슬슬 정신이 드는 것 같으니까 죽이든 살리든 마음대로 해!"

힐끔.

운검이 진영언 쪽을 돌아보곤 영호준같이 반짝거리는 눈이 된 북궁휘에게 한숨 섞인 말을 내뱉었다.

"후우, 금란지교를 맺든, 사제지교(師弟之交)를 맺든 간에 일단 저 개자식부터 족치자구!"

"예!"

북궁휘의 이번 대답 역시 우렁찼다.

第十三章

문파서열(門派序列)
문파의 서열에 나이 따윈 필요가 없다

華山
劍宗

영호준은 날이 밝자마자 기거하고 있던 객점을 벗어나 고릉 부근의 관도로 나왔다.
 전날.
 그와 운검 사제는 고릉을 벗어나 관도를 이동하던 중 진영언을 만나 다시 발걸음을 돌려세웠다. 전적으로 사부 운검의 판단에 의한 행동이었다.
 당연히 어떤 일이든 지나치게 피가 끓어올라 문제인 영호준으로선 속이 답답하지 않을 수 없다. 그 후 운검이 자신을 객점에 내동댕이치곤 밤새 모습을 감춰 버렸기에 더욱 그러했다.

'서, 설마 사부님께서 내가 하도 무공 재질이 떨어지고 맹꽁이 같아서 제자 자격이 없다고 생각하신 건 아닐 테지!'

운검을 만난 후 얼마나 사고를 많이 쳤던가!

영호준의 뇌리로 몇 번이나 자신을 바라보며 한숨짓던 운검의 얼굴이 주마등처럼 스쳐 지나갔다.

당시엔 혈기가 치솟아서 아예 생각 자체를 하지 못했다.

그런데 이제 돌이켜 생각해 보니, 자신이 저지른 잘못이 보통 많지 않았다. 사부 운검에게 버림을 받아도 부족함이 없을 정도인 것이다.

생각을 거듭할수록 영호준의 준수한 얼굴은 검은 기운을 띠어갔다. 처음엔 단순한 의심에 불과했던 생각이 점차 구체화되어 감에 따라 확신으로 바뀌어갔기 때문이다.

그러나 지금 당장 영호준이 할 수 있는 일은 아무것도 없었다. 운검이 언제 고릉으로 돌아올지 모르는 터에 무작정 뒤를 따라나설 순 없었다.

한참을 고심에 고심을 거듭하던 영호준이 갑자기 연무에 들어갔다.

태극매화권!

전날 운검에게 전수받은 육합구소공의 구결과 연계된 제대로 된 태극매화권의 투로를 관도 위에서 연습하기 시작한 것이다. 누가 보건 말건 간에 말이다.

한나절 후.

운검은 고릉으로 향하는 관도 위를 터벅거리며 걷던 중 눈에 이채를 발했다. 땀과 눈물이 범벅이 된 얼굴을 한 채 태극매화권의 투로를 계속 반복하고 있는 영호준을 발견한 까닭이다.

그의 뒤를 따르고 있던 북궁휘가 미미하게 고개를 끄덕이며 말했다.

"참 견실한 태극매화권이군요. 비록 내력이 아직 일천해서 실전에선 그다지 쓸모가 없겠지만, 하체가 안정되었을뿐더러 동작 하나하나가 절도가 있는 게 보기 좋습니다."

운검이 나직이 냉소한다.

"흥, 권식과 호흡이 제대로 일치하지 않으니 모두 쓸데없는 짓이지!"

"그렇긴 합니다만……."

"뭐, 그래도 용케 육합구소공의 구결을 전수받은 지 하루 만에 권식에 내경(內勁)을 실을 수 있게 되었군."

"예? 저게 하루 만에 이룬 경지란 겁니까?"

"전부터 엉터리로 태극매화권의 권형을 익히고 있긴 했지만 제대로 배운 건 하루밖에 안 된 셈이지. 그래 봤자 눈물로 시야가 흐려져서 미친놈 널뛰기하는 짓거리같이 투로를 펼치고 있긴 하지만 말야."

"……."

북궁휘는 운검의 퉁명스러운 말을 들으며 새삼스런 표정으로 영호준을 바라봤다.

기재!

웬만한 무공 재질로는 이름조차 앞에 내걸 수 없는 북궁세가에서 여태까지 버텨온 북궁휘다. 그 역시 가문의 무공과 상성이 맞지 않았을 뿐 천재과에 속한 사람인지라 안목이 대단히 높았다.

그럼에도 영호준의 무공 재질은 특출난 바가 있다고 여겼다. 어째서 운검이 뒤늦게나마 제자로 받아들였는지 이해가 갈 정도였다.

'그런데 이거 곤란하게 되었구나. 단 며칠 사이라곤 하나 저 친구가 먼저 사부님한테 구배지례를 올렸으니, 앞으로 사형이라고 불러야 할지도 모르겠어······.'

문파의 서열.

그것은 절대적이다.

아무리 나이가 많거나 무공이 강하다 해도 통하지 않는다. 한번 정해지면 그 뒤론 무조건 따라야만 한다. 그렇지 않으면 기사멸조의 대죄를 범하는 셈이기 때문이다.

북궁휘가 그 같은 걱정으로 미간 사이에 작은 주름을 만들고 있을 때였다.

잠시 영호준이 펼치고 있는 태극매화권을 지켜보고 있던 운검이 갑자기 걸음을 빨리했다. 영호준에게 다가가 어째서 얼굴을 눈물로 잔뜩 적시고 있는지를 묻기 위함이었다.

"이 녀석아! 그게 어딜 봐서 육합구소공의 호흡이고, 태극매화권의 권식이더냐!"

"아……."

영호준은 막 열다섯 번째로 태극매화권의 투로를 펼치고 있던 참이었다. 땀과 함께 어느새 눈물이 얼굴을 온통 물들이고 있었다. 그 바람에 운검이 부근까지 다가오는 것도 제대로 보지 못했다.

휘청!

크게 경동한 탓에 투로 중에 보법이 꼬였다. 당장 바닥에 처박히려는 몸을 어찌어찌 육합구소공의 구결 중 한 소절을 이용해서 안정시킨 영호준이 곧바로 운검에게 달려들었다.

"사부니임!"

"……."

운검은 울음 섞인 외침과 함께 자신의 품으로 돌진해 오는 영호준을 한차례 바라보곤 슬쩍 신형을 이동시켰다. 피해 버린 것이다. 애초에 아무리 사제지간이라곤 해도 눈물 콧물이 범벅이 된 사내 따위에게 가슴을 허락할 생각이 있을 리 만무하다.

게다가 그것만으로 끝이 아니다.

그는 또다시 육합구소공의 똑같은 구절을 이용해 휘청거리는 신형을 안정시키려던 영호준의 뒷다리를 툭 하고 찼다.

두 번에 걸쳐 똑같은 구절을 이용하는 건 용납할 수 없다는 판단이었다.

"어이쿠!"

결국 더 이상 견디지 못하고 바닥에 자빠진 영호준의 입에서 나직한 비명이 터져 나왔다. 그러나 이를 접한 운검의 반응은 냉담하기만 하다.

"내가 분명히 전날 무슨 일이 일어나더라도 고릉을 떠나지 말라고 했으렷다!"

"그, 그렇긴 하지만……."

"변명을 늘어놓을 작정이냐?"

"아닙니다!"

영호준이 더욱 싸늘해지는 운검의 목소리에 얼른 자리를 박차고 일어서 목청을 높였다. 전날 운검이 한 경고가 떠올라 잔뜩 겁을 집어먹은 것이다.

운검이 그 모습을 보고 퉁명스레 말했다.

"흥, 그래도 이곳이 완전히 고릉을 벗어난 곳은 아니니, 파문만은 시키지 않겠다. 다만, 후일 이번 일에 대한 벌은 확실하게 받아야만 할 것이다."

"감사합니다!"

'이그! 그놈의 우렁찬 대답만큼 말도 좀 잘 들어봐라, 이 화상아.'

영호준을 잠시 징그럽다는 듯 쳐다본 운검이 결국 입가에 미소를 담았다.

이상한 일이다.

어찌 된 게 영호준의 이 같은 모습이 그리 싫지 않다. 그가 겉과 속이 전혀 다르지 않다는 걸 아는 까닭이다.

그때다. 두 사제의 독특한 재회를 미소 띤 얼굴로 지켜보고 있던 북궁휘가 갑자기 어깨를 한차례 움찔거렸다.

스으.

그와 함께 발끝으로부터 움직임을 보인 몸의 동선과 두 개의 손가락!

어느새 유성삼전도를 이용해 신형을 옆으로 반보가량 이동시킨 북궁휘의 검지와 중지 사이에 비도 하나가 모습을 드러냈다. 두 개의 손가락 사이에 끼워진 것이다. 언뜻 비도의 중간에 단단히 매듭지어진 서신 하나가 보인다.

'진 소저인가······.'

진영언은 얼렁뚱땅 금란사제를 맺은 운검과 북궁휘를 거의 반쯤 협박해서 쫓아냈다. 오잔 중 유일하게 살아남은 단섬도 안원의 신병을 우격다짐으로 인도받은 후였다.

이유는 단 한 가지!

녹림인의 일은 녹림인 스스로 해결한다는 무림인 특유의 패거리 의식의 발로였다. 그렇게 우회적으로 말을 돌려서 주장을 해댔다.

사실 그녀의 말이 아주 틀린 것도 아니다.

사패에 속한 북궁세가나 구대문파 출신의 운검은 어디까지나 정파의 인물이었다. 비록 이번엔 굉장히 심각한 형태로 은원을 맺게 되었다곤 하나 어디까지나 녹림도 입장에선 부류가 다른 존재들이라 할 수 있었다.

당연히 성격이 가히 좋지 않은 운검이 진영언 좋을 대로만 일을 처리할 리 없다.

그는 곧바로 몇 가지 조건을 내세웠다. 옆에서 지켜보고 있던 북궁휘가 혀를 내두를 정도로 깐깐하고 조목조목 진영언을 압박해 나갔다.

그 결과가 지금 북궁휘의 두 손가락 사이에 끼어져 있는 비도에 담겨진 서신일 터였다. 하등 의심의 여지가 없는 사실이었다.

잠시 갈등 어린 표정으로 비도와 함께 전달된 서신을 바라보던 북궁휘가 운검에게 빠른 걸음으로 다가갔다.

서신 안의 내용.

그것은 북궁휘와 아주 밀접한 것임이 분명했다. 운검이 진영언에게 요구한 조건 중 가장 빨리 처리할 수 있는 게 북궁휘를 버리고 모습을 감춘 염무극과 북풍대에 관한 사항이었기 때문이다.

"사부님, 여기······."

'사부님? 사부님!'

잔뜩 주눅 든 얼굴로 운검 옆에 서 있던 영호준이 두 눈을 동그랗게 뜨고 북궁휘를 바라봤다.

그에 대한 것 중 유일하게 알고 있는 게 북궁세가의 인물이란 것이었다. 느닷없이 운검을 사부라 부르니 당혹스러운 것도 무리는 아니다.

운검은 태연하게 북궁휘가 내민 서신을 받고는 곧바로 안의 내용을 확인했다.

"하아!"

곧바로 터져 나오는 한숨.

북궁휘의 준미한 얼굴에 작은 그림자가 떠올랐다. 운검의 느닷없는 한숨에 가슴이 크게 격탕을 일으킨 것이다.

그러나 그의 얼굴은 곧바로 와락 일그러졌다. 운검이 곧바로 내뱉은 한마디 말 때문이다.

"녹림의 여인이 문무를 겸비했을 거라곤 생각하지 않았지만, 이건 해도 해도 너무하잖아! 어떻게 이렇게 글씨를 못 쓸 수 있는 거야?"

"사부님, 안의 내용은?"

"뭐, 예상했던 대로지. 확실히 이번 강북 녹림십팔채의 천라지망은 북궁세가 내부와의 조율로 인해 벌어진 일인 것 같아. 단섬도 안원을 취조한 후에 그 일대를 두 패로 나눈 북궁세가 무사들이 휘젓고 다녔다더군."

"역시……."

"그리고 또 한 가지! 그 단섬도 안원이란 자는 아마도 북궁세가에서 비밀 임무를 띠고 녹림에 투신한 것 같다더군. 혹시 짚이는 바가 있나?"

"있습니다."

곧바로 대답을 한 북궁휘의 뇌리로 안원과 싸울 때 느꼈던 의혹들이 실타래처럼 풀려갔다. 단섬일도류와 완전히 다른 위력을 지녔던 안원의 마지막 도법의 방식이 사뭇 익숙했다는 점 역시 포함된 것이었다.

그 같은 북궁휘의 상념은 운검에게 곧바로 전달되었다.

굳이 얘기를 듣지 않더라도 쉽게 이해가 간다.

'그렇게 된 거로군.'

내심 고개를 끄덕인 운검이 더 이상 북궁휘에게 질문하지 않고 의혹과 의심을 얼굴 가득 담고 있는 영호준에게 말했다.

"이놈아! 네 사제가 되는 북궁휘다. 네놈보다 나이가 많고 무공 역시 수백 배는 고강하니까 앞으로 사형 노릇을 하려면 죽도록 무공을 연마해야 할 것이다!"

"제, 제가 사형이 되는 겁니까?"

"그래, 네놈이 간발의 차이로 먼저 내 제자가 됐으니까 사형이 맞지. 하지만 이 북궁휘란 녀석은 개인적으로 나랑 금란지교를 맺은 의형제야. 사형이랍시고 너무 으스대지 말고 그냥 든든한 형님 하나 생겼다고 생각해라."

"제자, 명심하겠습니다!"

영호준이 크게 대답했다. 내심 은근히 나이순으로 서열을 정해주길 바라고 있던 북궁휘가 얼굴을 남몰래 구겼음은 물론이었다.

 *   *   *

 꿈틀!
 염무극은 선혈이 낭자한 싸움터를 바라보다 볼살을 가볍게 떨어 보였다.
 역전의 용사(勇士).
 북궁세가에서도 그 같은 평가를 받는 사람은 그리 많지 않다. 염무극은 그중 한 명이었다.
 당연히 여기저기 아무렇게나 널브러져 있는 사잔의 시신을 살피는 것만으로 이곳에서 어떤 싸움이 벌어졌는지를 알 수 있었다. 눈앞에 훤히 그림이 그려졌다.
 '설마했거늘! 진짜로 오잔이 모조리 몰살을 당할 줄이야!'
 단섬도 안원을 차치하더라도 오잔의 명성은 강북 녹림에서 결코 작은 게 아니었다. 적어도 북풍단의 부단주인 염무극과 어깨를 나란히 할 만했다.
 하물며 그들이 수적인 우세를 점한 상황에서 한꺼번에 몰살을 했다는 건 엄청난 일이었다.
 조금 과장되게 말해서 강북무림계는 몰라도 섬서성 일대를 뒤흔들 만한 사건이라 할 만했다.

그러나 염무극을 더욱 놀라게 만든 건 행방불명된 안원을 제외한 사잔이 죽어 있는 모습과 사인(死因)이었다.

연수합공!

그 후에 이뤄진 생사간극을 다투는 치열한 대혈전!

녹림도들답게 사잔의 연수합공은 지극히 사악하고 무자비했다. 염무극 본인이라 해도 그 같은 상황 속에서 결코 목숨을 장담치 못할 정도였다.

하물며 당사자가 북궁세가 내에서 실전의 경험이 일천하고 무공의 재질이 심하게 떨어진다고 알려진 삼공자 북궁휘라면?

'당연히 전신에 피칠갑을 하고 죽어야만 했다! 반드시 그리되었어야만 해! 그런데 이렇게 훌륭하게 사잔을 몰살시킬 수 있다니! 이게 과연 내가 알고 있던 삼공자가 한 짓이 맞단 말인가? 정말 그렇단 말이야?'

절대로 인정하기 싫은 일이었다.

이번 음모에 한손을 거든 당사자이기에 더욱 그러했다.

그러나 눈앞에 펼쳐져 있는 혈전의 흔적은 그 같은 염무극의 생각을 전적으로 부인하고 있었다. 북궁휘에 대한 평가가 결코 공정하지 않은 것이었음을 웅변하고 있는 것이다.

그때 수하들과 함께 주변을 이 잡듯 뒤지고 돌아온 양대 조장, 진명과 청관이 염무극의 뒤에 조용히 다가들었다. 조사의 결과를 보고하고 후속 명령을 듣기 위함이었다.

"단섬도 안원의 시체는?"

"발견되지 않았습니다. 그의 것으로 보이는 혈흔을 발견한 것이 전부입니다."

"삼공자님은?"

"역시 발견되지 않았습니다."

"그렇다는 건 무사히 전장을 벗어나셨다는 뜻이군?"

"그렇다고 사료됩니다. 이 주변에는 삼공자님과 오잔 외에도 다른 이들의 흔적이 남아 있었습니다."

"그렇겠지. 오잔 전부를 삼공자님 혼자 상대할 순 없었을 테니까."

염무극의 마지막 말은 뇌까림에 가까웠다.

연달아 보고를 올린 진명과 청관이 들으라고 한 말이 아니다. 염무극을 아주 오랫동안 따른 두 사람이 그 같은 점을 모를 리 없다.

그들은 서로 시선을 주고받은 후 입을 굳건하게 다물었다. 자신들이 나설 차례가 아니란 판단이었다. 결국 한참을 고심하며 침묵한 후 염무극이 명을 내렸다.

"우리의 임무는 어디까지나 삼공자님의 호위에 있다. 이대로 북궁세가로 돌아간다는 건 여태까지 누렸던 모든 명예를 잃는 것이나 다름없을 터인즉. 전원 결사의 각오로 삼공자님의 행적을 쫓는다!"

"명을 받드옵니다!"

"명을 받드옵니다!"

진명과 청관이 연달아 복명했다. 그들의 얼굴로 살짝 안심한 표정이 스쳐 갔다. 잠시 동안 염무극의 입에서 삼공자 북궁휘에 대한 추살령이 떨어질 것을 걱정한 까닭이다.

* * *

닷새 후.

고릉을 떠난 운검 사제는 강변 하구 쪽에 위치한 미현(眉縣)을 앞두고 있었다. 진영언에게서 두 번째로 전달된 서신을 쫓아 빠르게 이동한 결과였다.

창파(蒼波).

중원에서는 그리 쉽사리 보지 못하는 맑은 강물의 지류를 운검은 한동안 바라보고 서 있었다.

그에게서 얼마 떨어지지 않은 주변.

몇 명의 동네 여인들이 삼삼오오 모여서 저희들끼리 수군대고 있다.

개중에는 무슨 이유에선지 낯을 발갛게 붉히고 있는 여인들도 있다. 대개 아직 얼굴에 솜털이 보송보송한 십여 세가량의 계집아이들이나 제법 나이가 든 중년 여인들도 몇 있다.

'훗! 역시 내 선택이 탁월했지. 이런 정도의 호응이라면 내

사랑스런 제자들이 일을 처리하는 게 어려울 리 없을 거야. 암! 그렇고말고!'

운검은 내심 흡족한 미소와 함께 아랫배를 살살 어루만졌다.

지난 며칠.

진영언과 약속한 기일에 맞춰서 미현에 도착하기 위해서 단 하루도 제대로 된 객점에서 숙식을 해결하지 못했다. 풍찬노숙(風餐露宿)을 하며 수백 리 길을 온 것이다.

당연히 운검은 지금 배가 몹시 고팠다.

천 명 중 한 명이나 있을까 말까 할 정도로 잘생긴 얼굴을 한 두 제자들이 어서 빨리 음식을 구해오길 간절히 기다리고 있었다. 물론 돈을 사용하는 게 아니라 양해를 구하는 방식으로 그리하길 고대했다.

그때다. 고픈 배에 억지로 힘을 주고 있던 운검의 뒤에서 반가운 목소리가 들려왔다.

"사부님!"

"사부님!"

운검은 여전히 시선을 창파 쪽에 던진 채 내심 쾌재를 외쳤다. 밥을 구하러 보낸 제자들이 돌아왔다. 드디어 따끈따끈하고 맛있는 식사를 할 수 있게 되었다. 기쁘지 않을 리 없다.

그래도 사부의 체면이 있다.

운검은 한 호흡을 쉬고서 신형을 돌려세웠다.

어느새 그의 앞으로 북궁휘와 영호준이 다가와 있었다. 그런데 어찌 이럴 수 있단 말인가. 그들의 양손엔 아무것도 들려져 있지 않았다.

"밥은?"

운검의 단도직입적인 질문에 움찔 놀란 표정이 된 영호준이 북궁휘의 옆구리를 손가락으로 찔렀다. 이번 일의 주동자가 누군지를 명확하게 보여주는 모습이라 하겠다.

까닥!

운검이 북궁휘에게 슬쩍 턱짓을 해 보였다. 얼른 이실직고하란 재촉이다.

북궁휘가 준수한 얼굴에 어색한 표정을 만들어냈다.

"사부님, 제가 이곳의 주민들한테 물어보니 미현대반점(眉縣大飯店)이란 곳이 시설도 좋고 음식 맛도 나쁘지 않다고 하더군요. 그래서……."

"그래서 그곳에 들러서 돈을 내고 밥을 먹자고?"

"예, 제자한테 은자가 조금 있습니다. 그러니 굳이 밥을 구걸하지 않더라도 되지 않겠습니까?"

"구걸이 아니야! 양해다, 양해!"

두 차례에 걸쳐서 목청을 높인 운검이 북궁휘를 놔둔 채 목을 자라처럼 움츠리고 있던 영호준에게 다가갔다.

"사, 사부님……."

"일단 맞아라!"

운검은 더듬거리는 영호준의 어깨를 죽엽수로 떠민 다음 소엽퇴법으로 허벅지를 차서 넘어뜨렸다. 거의 순식간에 벌어진 일이다.

"어이쿠! 어이쿠!"

영호준의 입에서 죽는다는 비명이 연신 터져 나왔다. 바닥에 쓰러진 후에도 운검의 손발이 바쁘게 움직였기 때문이다. 완전한 구타였다.

"저, 저저……."

북궁휘는 자신의 앞에서 운검에게 묵사발이 될 정도로 얻어맞고 있는 영호준을 바라보며 안절부절못하는 모습이 되었다. 설마하니 운검이 밥 하나 얻어오지 않았다고 사형 영호준을 저리 심하게 두들겨 팰 줄은 몰랐기 때문이다.

놀라기는 주변에 옹기종기 모여 있는 여인들 역시 마찬가지다.

운검 사제.

그리 큰 성읍이 아닌 미현에 오랜만에 등장한 괜찮은 남자들이다. 비록 사부 운검이 다소 인물이 빠지긴 하나 북궁휘와 영호준은 가히 미남자의 본보기라 해도 과언이 아니었다.

그런데 갑자기 운검이 미남자 중 한 명인 영호준을 무자비하게 구타하니 안타깝지 않을 수 없다. 아무런 이유 없이 운검에 대한 미움이 치솟을 지경이었다.

'나쁜 놈! 저렇게 잘생기고 착한 소공자를 괴롭히다니! 필

경 나중에 천벌을 받을 거야!'

'아아, 하늘이 원망스럽구나! 어째서 저런 못된 인간한테 무지막지한 힘을 줬단 말인가!'

여인들 중 몇 명은 두 눈에 눈물까지 그렁그렁 매달았다. 영호준이 운검에게 얻어맞는 게 가슴 아프고 분해서 견딜 수 없는 것 같았다.

물론 이 같은 주변 여인들의 속내는 하나도 빠짐없이 운검의 뇌리 속으로 전달되었다. 상념이 크면 클수록 마정 속의 천사심공을 쉽사리 자극하기 때문이다.

'쳇! 이대로 계속 징벌을 가하면 이 동네 여인네들의 공적이 되겠군. 그러면 앞으로 양해를 구하기가 쉽지 않아지겠지?'

다른 건 다 괜찮았다.

하지만 제자들이 여인들에게 양해를 구해서 밥을 얻어오지 못하게 되는 상황만은 문제가 됐다. 배가 고파서 더 이상 손발을 놀리기 쉽지 않은 것도 이유의 하나였긴 하다.

영호준의 얼굴을 겨냥한 채 들어 올렸던 발을 슬그머니 내려놓은 운검이 손가락을 까닥거렸다. 더 이상 때리지 않을 테니 일어서란 뜻이다.

영호준이 운검의 그 같은 의중을 곧바로 알아들었다.

벌떡!

언제 바닥에 널브러져 있었냐는 듯 신형을 일으켜 세운 영호준을 향해 운검이 퉁명스레 말했다.

"왜 맞았는지 알겠냐?"

"사부님의 명을 거역했기 때문입니다!"

"또?"

"그, 그건……."

안색을 붉히고 말을 더듬거리는 영호준의 모습에 운검이 다시 인상을 긁어 보였다.

당장이라도 다시 손을 쓸 태세다.

보다 못한 북궁휘가 운검에게 다가와 말했다.

"사부님, 영호 사형은 아무런 잘못이 없습니다. 제가 마음대로 주장해서 미현대반점에 방을 얻었습니다."

"방까지 얻어놨냐?"

"예, 그게……."

"됐다! 거리를 걷고 있는데, 갑자기 웬 꼬맹이 한 놈이 뛰쳐나와서 미현대반점에 대해 떠들어댄 거겠지? 그리고 당장 방을 잡아놓지 않으면 후회할 거라는 말도 했고 말야? 뭐, 그전에 미현대반점이 얼마나 유명하고 인기가 좋은지 한 식경가량은 더 떠들어댔겠지만."

"……."

북궁휘의 얼굴에 일순 질린 기색이 떠올랐다. 운검이 한 말이야말로 얼마 전 그와 영호준이 경험한 것과 한 치도 다르지 않은 일이었기 때문이다.

'쳇! 북궁휘, 이 녀석은 얼굴만 준수한 게 아니라 머리 역시 나쁘지 않은데, 도대체 어떤 화려한 말빨을 가진 호객꾼에게 걸렸는지 궁금하군.'

내심 혀를 찬 운검이 북궁휘에게 차갑게 말했다.

"휘! 너는 일단 뒤로 물러서 있어라. 네놈에 대한 벌은 나중에 따로 처리할 테니까."

"…예!"

북궁휘가 대답과 함께 뒤로 물러섰다. 운검이 이렇게까지 강하게 말하는데 더 이상 영호준을 옹호할 순 없었기 때문이다. 영호준이 울상이 되었음은 물론이다.

운검이 그런 영호준에게 말했다.

"그래서 아까 했던 질문에 대한 답은?"

"……"

잠시 아무런 말도 못하고 서 있던 영호준이 갑자기 바닥에 엎드렸다. 두 눈에선 어느새 눈물이 줄줄 흘러내리고 있다.

"제, 제자는 아무리 생각해도 모르겠습니다! 사부님께서 제발 이 우둔한 제자에게 가르침을 내려주십시오!"

"네놈이 우둔하단 걸 알고 있긴 한 것이냐?"

"예, 사부님을 따르며 매일 매 시각마다 깨닫고 있습니다! 그러니 부디 이 우둔한 제자에게 가르침을 내려주십시오!"

"훙!"

운검이 나직한 코웃음과 함께 다시 손가락을 까닥거려 영호준을 일어서게 했다.

"준! 너는 내 첫 번째 제자다. 당연히 내 교육 방침에 대해서 사제인 북궁휘에게 전달해야만 할 책임이 있다. 그런데 네 녀석은 사형의 체면도 잃고 사제 북궁휘에게 기대어 내 교육 방침을 고의로 어겼다. 그러니 어찌 앞으로 내가 네 녀석을 믿을 수 있겠느냐?"

"……."

영호준은 침묵 속에 비로소 자신이 운검에게 두들겨 맞은 이유를 알았다고 생각했다.

'사부님은 이번 기회에 내가 검종의 대제자라는 자각을 갖기를 원하셨구나! 그래서 날 이리 호되게 때려서 오늘의 교훈을 뼛속 깊숙이 각인하려 하신 것이야!'

운검은 내심 눈을 번뜩였다.

'이 멍청한 녀석은 말로는 안 되는 놈이다! 앞으로 문제를 일으킬 때마다 체벌을 가해서 뼛속 깊숙이 각인을 시킬 테다! 그래야 조금이라도 문제를 덜 일으킬 테니! 그나저나 이놈 때문에 힘을 썼더니, 배가 등가죽에 완전히 달라붙어 버렸네!'

동상이몽(同牀異夢).

두 사제는 그렇게 한동안 서로를 바라보며 제각기 생각에 잠겨 있었다.

북궁휘가 조심스레 운검에게 다가가 말했다.

"사부님, 제가 지금이라도 달려가서 미현대반점에 잡아놓은 방을 해약할까요?"

"그야 당연히……."

운검은 말을 잇다가 잠시 인상을 찡그렸다. 등짝에 달라붙은 뱃속에서 흘러나오는 울부짖음이 심상치 않았기 때문이다.

"…해약할 것 없다."

"예?"

"이미 선금을 걸었잖아? 그렇지!"

"그렇긴 합니다만……."

"선금을 날리는 건 아까운 일이야. 낭비지. 그러니까 이번 한 번만 넘어가 주도록 하겠다."

"……."

말을 끝낸 운검이 고갯짓을 해 보였다. 얼른 앞장서라는 뜻이었다.

미현대반점.

운검이 예상했던 것보다 훨씬 고급의 요리집이었다. 그가 좋아하는 소면 자체가 존재하지 않는 것이다.

"휘! 꼭 이런 곳을 잡아야만 했냐? 소면이 없잖아, 소면이!"

"죄송합니다……."

북궁휘가 얼굴 가득 죄송한 기색을 담았다. 운검이 얼마나 소면을 좋아하는지 알고 있었기 때문이다.

그때 생글거리는 웃음을 띤 점소이가 운검 사제의 자리를 향해 종종걸음으로 다가들었다.

중키에 약삭빠르게 생긴 얼굴.

한눈에 닳고 닳은 걸 알 수 있을 듯한 외모다.

"자알생긴 형님들! 미현대반점이 잘 오셨습니다! 우리 미현대반점으로 말씀드릴 것 같으면……."

"시끄럽고!"

"예?"

"이 집에서 제일 싼 음식 셋!"

"저, 저기 아직 설명이 끝나지 않았는데요?"

"난 이미 주문 끝냈다. 네놈의 기름 바른 헛바닥 놀림을 듣고 싶은 생각도 없고 말야."

"……."

점소이가 억지웃음을 띤 채 입술을 몇 차례 삐죽거렸다. 뭔가 하고 싶은 말이 있긴 한데, 억지로 참느라 힘든 얼굴이다.

'호오?'

운검은 또다시 움직인 천사심공으로 점소이의 뇌리를 스쳐 간 생각의 단편을 읽었다. 문득 재밌다는 생각과 함께 작은 미소 하나가 입가를 스쳐 간다.

"잠깐만! 주문을 바꾸겠다!"

"예? 어떤 걸로?"

"이 집에서 가장 비싼 요리로 세 상을 차려와. 술도 좋은 놈으로 한 병 가져오고."

"사부님, 괜찮으시겠습니까?"

걱정스런 표정으로 질문한 건 운검의 독특한 경제관을 잘 알고 있는 영호준이었다. 소면 한 그릇도 쉽사리 시켜 먹지 않는 운검의 갑작스런 화통함에 의아한 마음이 인 것이다.

운검이 퉁명스레 말했다.

"이 녀석, 그런 쓸데없는 걱정 같은 거 하지 말고 다음부터 양해나 잘 구하도록 해!"

"…예!"

영호준이 풀 죽은 얼굴로 고개를 주억거렸다.

북궁휘는 별다른 걱정이 없었다. 북궁세가를 떠나며 가지고 나온 은자가 아직도 삼십 냥 정도 남아 있었다. 운검이 돈이 없다면 자신이 내면 될 터였다.

그렇게 잠시의 시간이 지난 후 운검 사제의 앞에는 미현대반점이 자랑하는 산해진미가 잔뜩 쌓였다. 누가 보더라도 아주 비싸 보이는 요리들이었다.

영호준의 안색이 다시 안 좋아졌다. 운검을 힐끔힐끔 바라보는 것이 당장이라도 울 것만 같다. 북궁휘 역시 조금 놀란 기색이다. 이 정도 산해진미가 나올 줄은 몰랐기 때문이다.

운검은 태연자약했다.

자신 앞에 놓인 삼십 년 된 여아홍을 잔에 따라서 한 모금 마시더니, 곧 요리를 안주 삼아 자음자작하기 시작했다. 북궁휘와 영호준도 어쩔 수 없이 따라서 식사에 들어갔음은 물론이다.

'쪼잔의 극치를 달리는 사내라고 하더니… 제법 화통하네? 저 요리와 술은 은자 열 냥짜린데…….'

점소이는 주방 쪽에 몸을 숨긴 채 운검 사제의 식사를 몰래 훔쳐보고 있었다.

데굴데굴 움직이는 눈동자!

생긴 모습과 달리 눈꼬리가 살짝 치켜 올라간 모습이 묘하게 이질적이다.

그때 갑자기 점소이가 놀란 표정으로 신형을 바닥에 찰싹 엎드렸다.

무공을 연마하지 않고선 결코 보일 수 없는 신속한 움직임!

바닥에 몸을 밀착시키자마자 점소이는 아차 하는 표정을 지어 보였다. 그를 노린 줄 알았던 쇠구슬 하나가 바로 코앞에 툭 하고 떨어져 내린 까닭이다.

'당했다!'

점소이는 바닥에 양 손바닥을 짚고는 재빨리 신형을 일으켜 세웠다. 더 이상 자신의 정체를 숨겨봐야 소용없다는 판단을 한 것이다.

그러나 그는 다시 안색을 딱딱하게 굳혀야만 했다. 어느새 그의 앞에는 식사와 자음자작에 정신이 없던 운검이 서 있었다. 빙글거리는 미소 한 조각을 입에 문 채였다.

"진 소저가 시켰나?"

"예? 그게 무슨……."

"그럼 못쓰지. 나는 내 앞에서 거짓말을 늘어놓는 자들이 세상에서 제일 싫어."

"……."

점소이는 입을 다물고 다시 신형을 밑으로 숙여 보였다. 작은 몸집을 이용해서 운검의 겨드랑이 사이로 빠져나가려 했다. 그의 특기였다.

퍽!

운검은 난화불혈수로 점소이의 뒷덜미를 잡아챈 후 표미각으로 엉덩이를 걷어찼다.

빠르지도 않고 늦지도 않은 한 수!

점소이는 가장 자신하던 신법이나 구명절초(求命絶招)를 펼쳐 보지도 못하고 바닥에 얼굴을 박았다. 무공을 연마한 후 처음으로 당한 굴욕이었다.

"으흑! 흑흑흑……."

점소이가 바닥에 엎드려 자신의 얼굴을 양손으로 감싼 채 서럽게 눈물을 쏟아냈다. 누가 보더라도 억울한 일을 당한 힘없는 약자의 모습, 그대로다.

영호준의 안색이 붉게 물들었다. 점소이가 흐느끼는 모습에 가슴이 격탕을 일으킨 것이다.

그런 그를 북궁휘가 손을 뻗어 말렸다.

"사형, 사부님이 저자에게 손을 쓴 데는 이유가 있을 것이니, 잠시만 지켜보도록 하시지요."

"그, 그렇지만 저 점소이는 너무 가엾은데……."

"저자는 약하지 않은 무공을 익힌 자입니다. 고작해야 바닥에 자빠진 정도로 울음을 터뜨릴 만한 자가 아니니, 분명히 다른 노림수가 있을 겁니다."

"아!"

영호준이 탄복한 표정으로 북궁휘를 바라봤다. 그의 무공이 자신보다 엄청나게 뛰어나다는 건 알고 있었지만, 관찰력까지 이리 좋은 줄은 몰랐다.

'그런데 이런 사람이 내 사제라니! 나를 사형으로 불러주고 있다니!'

영호준의 뇌리로 운검의 죽도록 노력하라던 말이 화인처럼 파고들었다.

운검은 점소이를 상대하면서 제자들의 대화를 하나도 빠짐없이 들었다. 내심 영호준은 여전히 열혈 바보고 북궁휘의 관찰력이나 상황 판단력이 예상 이상으로 괜찮다는 생각이 들었다.

그때 운검이 잠시 딴 곳에 정신을 팔고 있다고 판단한 점소이가 재차 도주를 시도했다. 북궁휘의 말대로 처음부터 운검의 정신을 분산시키기 위해 울음을 터뜨렸음이 분명하다.

그러나 그는 신형을 일으키기도 전에 다시 바닥에 널브러졌다. 운검이 다리를 걸어버렸기 때문이다.

쿵!

이번엔 점소이의 입에서 울음소리가 터져 나오지 않았다. 전력을 다해 신형을 날리려다 당한 일격인지라 상당히 심하게 얼굴을 바닥에 박았다.

'아파! 아파! 아파! 아파!'

운검의 뇌리 속으로 점소이의 비명성이 날 선 화살처럼 파고들었다. 그것도 걸걸한 사내의 것이 아니라 뾰족한 계집아이의 상념이다.

'쳇! 어쩐지 이목구비와 눈매가 어울리지 않는다 했더니, 사내를 가장한 계집아이였군. 그럼 녹림의 진 소저와 어떤 연관이 있으려나?'

내심 혀를 찬 운검이 여전히 바닥에 널브러져 있는 점소이를 향해 불쑥 손을 내밀었다. 사내가 아니라 여인임을 알았으니 조금쯤 부드럽게 태도를 바꾼 것이다.

"다시 묻겠다. 진 소저는 어디에 있지? 오늘 우리 사제가 먹은 음식값을 받고 싶으면 빨리 진 소저가 있는 곳을 말하는 편이 좋을 거야, 소낭자."

"엇!"

운검에게 손목이 잡힌 채 신형을 일으킨 점소이가 해연히 놀란 표정이 되었다.

여태까지 누구한테도 들킨 적이 없던 자신의 역용술(易容術)이다. 대번에 탄로가 나자 충격을 받지 않을 수 없었다.

第十四章

백안천이(百眼千耳)
하오문의 이목은 능히 천하를 아우른다

華山
劍宗

잠시 후.

미현대반점의 상방.

운검 사제의 맞은편에 두 명의 여인이 함께 자리를 잡고 앉았다.

늘씬한 몸매를 불타는 듯한 홍의무복으로 감싼 요염한 미녀와 작은 체구에 귀엽고 가무잡잡한 피부를 지닌 묘족 복장의 소녀.

한 명은 강남 녹림도의 총표파자인 진영언이고, 다른 한 명은 강북 하오문의 지낭(智囊)이라 불리는 총순찰 백안천이(百眼千耳) 소금주였다.

두 여인 중 누구 하나 범상한 신분이 아니다. 적어도 녹림이나 하오문이 속한 흑도(黑道) 계통에선 그러했다.

그러나 그녀들과 함께 자리를 한 세 명의 운검 사제는 본래 녹림이나 하오문에 그다지 관심이 없었다.

운검은 무림에 재출도한 지 얼마 되지 않았고, 영호준은 본래 아는 게 거의 없는 풋내기다.

그나마 무림의 대소사에 유일하게 관심이 있는 북궁휘가 눈에 이채를 담고 있을 뿐이었다.

'진 소저는 강남에서는 제법 유명한 인물이긴 하지만, 강북무림에서는 그다지 큰 영향력을 발휘하지 못한다. 그런데 어떻게 강북 하오문의 지낭과 인연을 맺게 되었을까?'

북궁휘는 고심 어린 표정으로 진영언과 소금주를 바라봤다. 어떤 일이든 분석하길 좋아하는 문사적인 성격이 다시금 발동한 것이다.

운검은 애초에 소금주의 상념 속에서 진영언의 존재를 파악한 지 오래였다.

자신의 뜻대로 진영언이 모습을 드러내자 마음이 크게 느긋해져서 표정이 평상시보다 좋았다. 입가에 즐거운 미소마저 매달려 있다.

'후훗, 예상대로 밥값 굳었다!'

진영언은 자신을 바라보며 묘하게 즐거운 표정인 운검을 보고 마음이 묘해졌다. 왠지 모르게 온몸에 소름이 돋고 한기가 드는 느낌 때문이다.

'저 자식, 어째서 날 보면서 실실 웃고 있는 거야? 이번에도 또 무슨 못된 짓을 꾸며서 날 얽어매려고!'

진영언은 속마음을 꾸밀 줄 모르는 여인이다. 좋게 말해서 솔직하고 나쁘게 표현하자면 여인다운 내숭이 없다.

탁!

갑자기 탁자를 손바닥으로 내려친 진영언이 불쑥 고개를 운검에게 들이댔다.

"어째서 그리 실실 웃고 있는 거야?"

"밥값 내줄 사람을 만났으니까."

"뭐?"

진영언의 얼굴에 기가 막히다는 표정이 떠올랐다. 운검의 입에서 이런 말이 튀어나올 줄은 상상도 하지 못했다.

운검의 입가엔 미소가 여전하다.

"내가 제자들한테 몇 가지 시킨 일이 있는데, 갑자기 한 명의 호객꾼을 만나서 미현대반점에 방을 잡았소이다. 누군가의 간교한 명 때문이지. 그 책임을 과연 누가 져야만 하겠소?"

"그건……."

"언니, 여기부터는 내가 맡을게요."

곧바로 뭐라 항변하려는 진영언을 소금주가 손을 내저어 만류했다. 그녀의 기묘할 정도로 반짝거리는 두 눈이 운검을 똑바로 직시하고 있다.
"아주 재밌으신 분이군요? 강남 녹림의 총표파자에게 밥값을 내라고 종용을 하시다니."
"그냥 사리를 따졌을 뿐이오."
"사리를 따졌다라……."
슬며시 말끝을 끌어 보인 소금주가 입가에 애교 어린 미소를 만들어냈다.
"뭐, 좋아요. 미현대반점은 강북 하오문의 미현지부예요. 어차피 처음부터 숙식비는 받을 생각이 없었으니, 그 얘기는 이만 마치도록 하지요."
"좋소."
운검이 천연덕스레 대답을 하자 진영언의 얼굴이 일시 붉으락푸르락해졌다. 몸까지 바들거리며 떨고 있는 게 분해서 죽겠다는 표정이다.
소금주의 눈에 이채가 어렸다.
'진 언니는 여중호걸(女中豪傑)인데, 지나칠 정도로 운검이란 사람한테는 신경을 많이 쓰는구나. 혹시 이건… 사랑인가?'
소금주가 불현듯 떠오른 생각에 슬며시 낯을 붉혔다.
아직 방심을 간직한 나이.
자신도 모르게 오래전부터 알고 지내던 진영언의 낯선 모습에 제멋대로 상상의 나래를 펴고 말았다.

그러나 그녀는 강북 하오문의 지낭이라 불리는 소녀다. 운검에 대한 공박을 가로막힌 진영언의 눈매가 날카로워지자 곧바로 이성을 회복했다.

"그럼 곧바로 본론으로 넘어가도록 하죠."

"본론?"

"진 언니가 강북 하오문에 정식으로 요청한 사안에 대한 조사 결과를 말씀드리겠다는 거예요."

"……."

운검이 갑자기 입을 한일자로 다물었다.

그가 열심히 길을 재촉해 미현까지 달려온 건 다름 아닌 진영언에게 부탁한 일의 결과를 듣기 위함이었다. 그 외에 갑자기 부지런을 떨었을 까닭이 없었다.

'역시 진 소저는 쓸 만해. 강북 하오문을 움직여서 내 집을 찾을 생각을 다 하고 말야…….'

운검은 진영언을 기특하다는 듯 바라봤다.

너무 어린 시절에 집을 떠났다.

그래서 화산을 떠난 후 몇 번이나 길을 잘못 들었고, 계속해서 섬서성 일대를 배회할 수밖에 없었다. 강산이 두 번이나 바뀔 만한 세월이 지난 데다 머릿속에 남아 있는 기억이란 게 그리 많지 않았기 때문이다.

그래서 운검은 무림 중에 명성이 높은 진영언을 이용하기로 했다. 그녀를 적당히 쪼면 어떻게든 방도를 강구해 낼 거란 생각을 한 것이다.

'또 저런 식으로 날 보다니! 지겨운 자식! 이번 일만 끝나면 내 다시는 저 자식 얼굴을 보지 않을 테다!'

진영언은 운검의 그윽한 눈빛을 외면하며 내심 이를 갈았다. 그의 터무니없는 요구 조건을 들어주기 위해 요 근래 그녀가 치른 대가는 사뭇 컸다. 비록 전날 강패와의 생사대결에서 도움을 받은 바가 크긴 했으나 지금에 와선 전혀 고맙다는 생각이 들지 않았다.

그 같은 두 사람의 모습을 살피며 또다시 남몰래 얼굴을 붉힌 소금주가 혀로 입술을 한차례 훔치곤 말을 이었다.

"솔직히 맨 처음에 저는 진 언니가 장난을 치는 줄 알았어요. 비록 우리 하오문의 정보력이 중원제일이긴 해도 전해준 정보가 너무 적었거든요."

"그래서 결과는?"

"그래도 우리 하오문의 이목은 능히 천하를 아우를 만해요. 지난 며칠간 섬서성 일대의 하오문도 수천 명을 풀어서 조사를 시킨 결과 납득하실 만한 정보를 얻게 되었어요."

"납득할 만한 정보란 내 집을 찾았다는 것인가?"

"아마도요."

"아마도?"

"자그마치 이십 년이나 지났어요. 면밀히 추적 조사에 들어간 결과 가장 확률이 높은 곳을 찾았어요. 하지만 실제로 피를 나눈 혈육이 직접 눈으로 확인하기 전엔 확신할 수 없지 않겠어요?"

"그렇군."

운검이 천천히 고개를 끄덕였다. 소금주가 진실을 말하고 있음을 알고 있었기 때문이다.

* * *

고릉.

염무극은 참담한 표정으로 눈앞에 보이는 객점을 바라봤다.

지난 며칠간.

그는 휘하의 북풍단 무사들을 이끌고 강북 녹림도들의 천라지망이 펼쳐졌던 지역을 이 잡듯 뒤지고 다녔다. 어떻게서든 삼공자 북궁휘의 생사를 확인해야만 했기 때문이다.

그러나 그가 찾아낸 건 녹림도들의 시체 몇 구와 군데군데 벌어졌던 격전의 흔적이 다였다. 북궁휘는 여전히 행방불명이었고, 몰래 의견 조율을 마쳤던 오잔의 대형 단섬도 안원 역시 마찬가지였다.

결국 그는 고심 끝에 다시 고릉으로 돌아오는 길을 선택했다. 총관 유성월에게 이번 작전이 완벽히 실패했음을 자인하기 전에 끝으로 한 가지 해보고 싶은 일이 있어서였다.

'크으, 굴욕이다! 어쩌다가 당당한 서패 북궁세가의 무사인 내가 쥐새끼 같은 하오문의 잡배 따위의 힘을 빌리게 되더란 말인가!'

염무극이 최후로 기대를 건 곳.

그건 다름 아닌 무림 최대의 정보 조직 중 하나인 하오문이었다. 그는 정파에서 쓰레기 취급을 하는 하오문의 힘을 빌려서라도 북궁휘의 행방을 찾을 생각을 한 것이다.

잠시 고심 어린 표정을 짓고 있던 염무극이 휘하의 양대 조장인 진명과 청관에게 말했다.

"오늘 내가 하오문의 잡배와 접촉한 일이 결코 북궁세가에 알려져선 안 될 것이야!"

진명과 청관이 거의 동시에 대답했다.

"물론입니다! 부단주님께서는 전혀 걱정하실 필요가 없을 겁니다!"

"이미 수하들 중 일부가 하오문의 고릉지부 쪽으로 떠났습니다! 고릉 일대의 하오문도들은 오늘 이후로 햇빛을 볼 수 없을 겁니다!"

염무극의 입가로 만족스런 미소가 떠올랐다.

진명과 청관의 대답과 일 처리에 마음이 크게 흡족했다. 수하 중에 이들처럼 충성심과 능력을 겸비한 자들을 두는 건 목숨 하나를 여벌로 갖고 있는 것이나 다름없기 때문이다.

그 후 염무극은 다시 몇 가지 주의사항을 말한 후 눈앞으로 보이는 객점을 향해 걸어갔다. 그곳에서 고릉 일대 하오문의 책임자를 만나기로 이미 약속이 되어 있어서였다.

'응?'

염무극은 객점의 문을 열고 안으로 들어서려다 볼살을 가볍게 떨어 보였다.

전신 근육이 경직되는 느낌!

생사를 다투는 전장의 한가운데서 몇 차례 경험한 적이 있는 감각이다.

"살기?"

나직한 뇌까림과 함께 염무극의 손이 도파를 향해 이동했다. 객점의 문에서도 재빨리 손을 떼고 뒤로 신형을 물렸다. 당장이라도 자신을 썰어버릴 것 같은 살기에 대응하기 위함이었다. 그게 옳다는 판단이었다.

그때 염무극이 손을 뗀 객점의 문이 열렸다.

삐걱!

곧바로 발도 자세에 들어간 염무극의 두 눈이 일순 가벼운 떨림을 보였다.

여인.

객점의 문을 열고 밖으로 나온 건 화사한 화복 차림에 단아한 미모를 지닌 미소부였다.

그녀는 살기를 풀풀 일으키며 발도 자세에 들어가 있던 염무극을 보고 잠시 놀란 표정이 되었다. 누가 보더라도 여염집에서 화초처럼 곱게 지낸 여인이 보일 법한 모습이다.

'설마 저런 여인이 그리 지독한 살기를 발출했단 말인가? 그런 말도 안 되는 일이······.'

역전의 용사인 염무극이나 갈등을 느낄 수밖에 없다. 도저히 눈앞의 미소부에게 살기를 일으킬 수 없었기 때문이다.

그사이 미소부는 언제 놀란 표정을 지었냐는 듯 입가에 부드러운 미소를 떠올리곤 객점을 벗어났다. 여전히 발도 자세를 취하고 있는 염무극에게 한차례 눈인사를 던지는 것 역시 잊지 않고서였다.

염무극은 미소부가 완전히 시야에서 사라질 때까지 발도 자세를 풀지 않았다.

그럴 수가 없었다.

그만큼 객점의 문을 열기 전 느꼈던 살기는 지독했다. 쉽사리 각인된 여운을 지울 수 없는 건 당연했다. 그때 문득 뇌리를 스치는 생각 하나.

'아차!'

염무극은 내심 경호성을 내뱉곤 쏜살같이 객점 안으로 뛰어들어 갔다. 그곳에서 만나기로 약속했던 고릉 일대 하오문 책임자의 안위가 걱정되었다.

"허!"

객점 안으로 들어선 염무극의 입에서 탄성이 터져 나왔다.

방금 전 자신을 긴장시켰던 게 살기 따위가 아님을 깨달았기 때문이다.

피비린내!

피와 살이 튀는 전장에서는 일상적으로 맡게 되는 냄새다. 염무극에겐 그리 낯설지 않다.

다만 문제가 있다면 이곳이 전장이 아니란 점이었다.

객점 안은 피바다였다.

여기저기 사람들이 널브러져 있었고, 하나같이 목이 잘리고 머리에 구멍이 뚫린 채 뇌수를 쏟아내고 있었다. 생존자는 아무도 없었다.

"강력한 지공(指功)과 잔혹한 손속! 마도인의 솜씨다!"

염무극은 재빨리 객점 안을 돌면서 죽은 자들의 사인을 파악하곤 두 눈 가득 차가운 한광을 일으켰다. 문득 이 객점이야말로 하오문의 비밀 지부임에 분명하단 생각이 들었다. 죽은 자들이 하나같이 무공을 연마한 흔적이 있었기 때문이다.

그렇다면 염무극과 약속을 맺었던 자 역시 목숨을 부지하긴 힘들었을 것이다. 객점 안을 시체와 피비린내로 도배한 흉수의 무공과 살인 솜씨라면 능히 그럴 만하단 판단이었다.

"하지만 실수했다! 하필이면 감히 나 염무극의 일을 방해하다니!"

나직이 중얼거린 염무극이 천천히 신형을 돌려세웠다.

'위험했다! 위험했어!'

객점을 벗어나자마자 염무극과 맞닥뜨렸던 빙나찰 냉요란은 내심 뛰는 가슴을 진정시키며 걸음을 빨리했다.

혈빙투안섭혼공으로 염무극을 잠시 홀리긴 했으나 효과가 오래가리란 생각은 들지 않았다. 염무극이 거의 절정에 근접한 고수임을 알고 있었기 때문이다.

그때 갑자기 그녀의 배후로 흐릿한 그림자 하나가 모습을 드러냈다. 염무극을 경악시킨 객점 안의 도살극을 자행한 당사자인 사검이었다.

"꼬리가 따라붙었다!"

"꼬리?"

냉요란은 갑자기 자신의 배후에서 모습을 드러낸 사검을 보고 고운 아미를 찡그려 보였다.

그와 동행을 하는 동안 놀란 게 한두 가지가 아니다.

자신의 은형잠둔술과 비교조차 되지 않을 정도인 사검의 은신술 또한 그중 하나다. 이제 그의 무심한 경고를 듣고 보니, 문득 짜증이 확 치밀어 올랐다.

"어째서 그런 말도 안 되는 짓을 한 거죠!"

"말도 안 되는 짓?"

"그래요! 내가 하오문의 얼간이를 혈빙투안섭혼공으로 잘 구슬리고 있었는데, 갑자기 모습을 드러내서 피바다를 만들어 버렸잖아요!"

"당신의 혈빙투안섭혼공은 다수를 한꺼번에 상대하지 못하는 치명적인 단점이 있다. 만약 내가 당시에 모습을 드러내지 않았으면 합공을 당했을 거야."

"설마 내가 하오문의 잡배들 따위조차 감당해 내지 못할 거라고 생각한 건가요?"

"하오문이 문제가 아니다."

"그럼?"

"꼬리를 잡은 자들."

짤막한 대답과 함께 사검이 다시 그림자로 돌아갔다. 언제나와 마찬가지로 제 할 말만 하고 모습을 감춘 것이다.

"이!"

냉요란이 자신도 모르게 발을 한차례 굴렀다. 사검의 안하무인한 행동이 그녀를 화나게 만들었다.

염무극의 명에 의해 객점에서부터 냉요란의 뒤를 밟고 있던 진명과 청관이 갑자기 좌우로 신형을 분산시켰다. 서로의 그림자 속에 자신을 숨긴 것이다.

양의쌍첨진(兩儀雙尖陣)!

북궁세가의 주력 무투 집단 중 하나인 북풍단에서도 조장급 이상만이 익히고 있는 일종의 합벽진이다. 다만 무림의 여타 합벽진과 다른 점은 사방에서 적이 몰려드는 전장에서의 유용성이었다.

서로가 서로를 보완하는 형태!

상대방의 그림자 속에 자신을 감추고 톱니바퀴처럼 변화를 보이는 양의쌍첨진의 방어력은 최고였다. 설사 몇십 배 이상의 적에게 포위되었다 해도 방어에만 집중하면 목숨을 건질 수 있을 정도였다.

문제는 그들을 찾아온 사검 역시 그림자란 점이었다.

물론 다른 점 역시 있다.

진명과 청관에게 양의쌍첨진이 최강의 방패라면, 사검은 어떠한 방패도 뚫을 수 있는 살검을 지니고 있었다.

파팟!

서로의 그림자 속에 자신을 감추고 있던 진명과 청관의 목젖에서 피가 튀어나왔다.

단 일검!

사검이 자신의 그림자 속에서 모습을 드러낸 것과 동시에 펼친 살검이 만들어낸 결과였다.

"서패 북궁세가… 별것없군……."

나직한 뇌까림과 함께 사검이 다시 그림자 속으로 몸을 숨겼다. 이제 슬슬 주인인 소수여제 위소소에게 돌아갈 시간이 됐다는 판단이었다.

"흐음……."

얼굴 전체를 가리는 방립.

몸매 역시 바람을 막는 피풍의로 가리고 있다.

그럼에도 묘하게 사람의 눈길을 잡아끄는 여인, 바로 소수여제 위소소다.

그녀는 방금 전 자신의 앞에 부복해 있는 냉요란과 사검에게서 몇 가지 보고를 받았다. 고릉의 하오문도에게서 얻은 운검에 대한 정보와 서패 북궁세가의 무사들과 사검이 격돌했다는 고자질을 동시에 전해 들은 것이다.

바람이 분 것인가?

문득 방립 끝에 늘어진 면사가 가벼운 흔들림을 보였다.

"천종 사부로부터 중원을 주유할 시 절대로 사패와는 충돌하지 말라는 말을 들었다. 그런데 중원에 들어서자마자 서패와 은원을 맺게 되었군."

"흔적은 남기지 않았습니다."

"사검이 흔적을 남기지 않았다면 남기지 않은 것이겠지. 하지만 그것만으론 부족해."

"당장 남은 자들을 모조리 지워 버리도록 하겠습니다!"

"처음부터 그랬어야지."

꾸짖는 말이다.

그런데 묘하게도 위소소의 목소리엔 어떤 감정도 담겨져 있지 않았다. 최소한 냉요란은 그리 느꼈다.

'대공녀께서 익힌 소수현마경은 천사심공에 비견되는 마공이라고 들었다. 그러니 만약 대공녀가 소수현마경을 완성

하면 지금보다 더욱 감정이 없어지고 말겠구나!'

냉요란의 뇌리로 얼핏 천사심공의 소유자임이 분명한 운검의 얼굴이 스쳐 지나갔다.

구마련과는 불구대천의 원수나 다름없는 정파인!

그럼에도 운검은 냉요란에게 은정을 베풀었다. 이제 전쟁은 끝났으니, 과거를 잊고 행복하게 지내란 말까지 했었다. 진심이었다.

'그런데 나는 지금 그분을 배신하고 있구나. 그분의 은정을 이런 식으로 갚고 있어…….'

냉요란은 자괴감에 내심 고개를 가로저었다. 그날의 운검을 떠올리자니 마음이 무척 아파왔다.

위소소가 소수현마경으로 그 같은 냉요란의 마음을 읽었다. 묘한 기분이 들지 않을 수 없다.

'운… 검이라 했던가? 도대체 어떤 자이기에 오라버니의 천사심공을 지녔을뿐더러 사갈 같은 마음을 지니고 있던 냉요란에게 죄의식을 느끼게 하는가.'

소수현마경을 연마하며 하나둘 잃어가던 감정.

그중 하나인 호기심을 위소소는 강하게 느꼈다. 물론 그리 오래지 않아 사라질 감정 중 하나이긴 했지만 말이다.

"사검이 돌아오는 대로 출발할 거야."

"곧바로 대공녀님께서 타실 마차 준비를 하겠습니다."

"그래."

위소소가 미미하게 고개를 끄덕이곤 다시 침묵에 들어갔다.

     *   *   *

수해촌(水害村).

물에 해를 입은 마을이라니!

마을의 이름치고는 얄궂다. 누구든 처음에 수해촌이란 이름을 들으면 분명 그리 생각할 터였다.

하지만 수해촌에 살고 있는 사람들 중 마을의 이름에 문제를 제기하는 자는 아무도 없었다. 지난 이십여 년간 무려 여섯 번에 걸쳐서 수해를 입은 탓에 지나가던 노승이 법력을 담아서 지은 이름인 까닭이다.

수해촌의 저잣거리.

사람들이 잔뜩 오고 가는 시장 골목 중에서도 가장 외진 구석에 작고 초라한 복장을 한 여인이 좌판 하나를 벌이고 있다. 노점상이다.

좌판의 위.

시장에서 흔히 볼 수 있는 소면이나 국수 따위가 자리를 차지하고 있다. 대개가 철전 하나 정도면 사 먹을 수 있는 싸구려 음식들이다.

장사는 자리가 절반을 좌우한다는 말이 있다.

특히 맛으로 승부를 하기 힘든 싸구려 음식이 주업종인 경우라면 더욱 그러하다. 누구라도 싸구려 음식을 먹기 위해 외진 구석까지 걸음을 재촉하진 않을 터였기 때문이다.

그런데 이상하게도 이런 외진 구석까지 싸구려 음식을 먹기 위해 온 사람들이 있었다.

꼬질꼬질하고 더러운 행색.

도복과 도관만 아니면 거지라 해도 과언이 아닐 듯한 행색을 한 몇 명의 도사들은 좌판 앞에 옹기종기 모여 앉아 있었다. 여인이 말아준 소면이며 국수를 정신없이 먹고 있는 것이다.

여인이 입가에 부드러운 미소를 담은 채 말했다.

"도사님들, 천천히 드세요. 그리 급하게 드시다가 체하시겠어요!"

우걱! 우걱!

우물! 우물!

여인의 부드러운 걱정의 말을 들은 도사들이 여전히 입 안의 음식을 우물거리며 각자 낯을 가볍게 붉혔다.

수행에 나선 입장.

비록 며칠 만에 먹어보는 제대로 된 음식이라곤 해도 지나치게 체면을 차리지 못했다. 여인의 말을 듣고서야 부끄러움이 가슴을 때린다.

여인이 잠시 음식을 먹는 속도를 늦춘 도사들에게 다시 미소를 지어 보이곤 그들 앞의 그릇에 찻물을 부어줬다. 싸구려 찻잎으로 몇 차례나 울궈내긴 했으나 정갈하게 끓인 물인지라 개천에서 떠온 맹물보다는 훨씬 낫다.

도사들 역시 그리 생각한 듯하다.

그들은 여인이 그릇에 부어준 찻물을 사양치 않고 마셨다. 마침 소면과 함께 나온 만두를 먹고 목이 막히던 터라 얼굴들이 하나같이 시원스러워 보인다.

그 모습을 본 여인이 군말없이 도사들의 비워진 그릇에 다시 찻물을 부었다. 그리 많이 남지 않은 찻물이나 전혀 아까워하지 않았다.

그렇게 다시 잠시의 시간이 흘러 도사들의 식사가 끝났다.

거의 그릇의 바닥까지 싹싹 입으로 핥아먹은 도사들 중 가장 나이가 많아 보이는 자가 엄숙한 표정을 한 채 여인에게 도호를 외쳤다.

"무량수불(無量壽佛)! 소저, 정말로 자알 먹었소이다! 저기 계산은……."

"괜찮습니다. 어렵게 수행을 하시는 도사님들께 어찌 음식 값을 받을 수 있겠어요?"

"허허, 소저, 정말 복받으실 것이오!"

"맛있게 드셨다니 다행입니다! 살펴들 가세요!"

여인이 고개를 숙여 보이자 도호를 외친 중년 도사가 흐뭇

백안천이(百眼千耳) 123

한 표정으로 고개를 끄덕이곤 자리에서 일어섰다. 슬그머니 다른 도사들에게 눈짓을 던지는 것도 잊진 않았다.

저잣거리를 벗어난 도사들의 얼굴에는 쌀뜨물 같은 포만감이 잔뜩 서려 있었다.
하나같이 배가 볼록하니 튀어나왔다.
걸음 역시 자연스레 팔자의 모양을 하고 있다.
그중 여인에게 무량수불을 외쳤던 중년 도사가 갑자기 얼굴 가득 득의만만한 표정을 지어 보였다.
"크흐흐, 도사 복장만 하면 공짜로 밥을 먹을 수 있다고 하더니, 정말 세상에 그런 미친년이 있었구나!"
뒤따르던 다른 도사들이 역시 희희덕대며 말을 받았다.
"그러게 말이오. 오늘 우리가 먹어치운 음식값만 해도 얼추 은자 반 냥 어치는 될 터인데……."
"미친년이지! 도사한테 미친년!"
"그래도 미친년치고는 얼굴이 반반하던데 말요. 행색이 추레해서 그렇지, 잘만 꾸며놓으면 보옥이 될 수도 있을 것 같더이다."
"보옥?"
중년 도사가 갑자기 걸음을 멈췄다. 일행 중 한 명이 내뱉은 음담패설에 갑자기 크게 마음이 동했다. 잠시 음식을 내주던 여인의 용모에 대한 회상이 이어졌음은 물론이다.

벅벅!

중년 도사는 도관을 벗고 뒤통수를 마구 긁어댔다. 곰곰이 공짜로 음식을 준 여인의 용모를 떠올려 보자 음담패설을 내뱉었던 자의 말이 그리 틀리지 않았다는 생각이 든다.

'흐음, 아예 이참에 이 길로 걸음을 돌려서 그년을 잡아올까나? 아직 나이도 그리 많이 먹지 않았으니, 적당히 손을 본 후에 기루에 넘기면 제법 짭짤할 것 같은데 말야.'

도사 복장에 어울리지 않는 극악한 생각이다.

그도 그럴 것이 도사 복장을 한 채 공짜 밥을 먹은 자들의 정체는 부근에서 활동하는 삼류건달이었다. 무림인이라고 할 정도의 무공은 없으나 제법 주먹도 쓰고 흉악한 짓을 서슴지 않아서 인근의 원성이 자자했다.

짝!

중년 도사가 손뼉을 쳤다. 마음의 결정을 내린 것이다.

"형제들! 지금 당장 시장으로 돌아가도록 하세!"

"왜?"

"그 도사한테 미친년을 잡아다가 회포를 풀게 해줘야 할 것 같거든."

"아하!"

무뢰배들답게 도사들의 얼굴에 흉측한 표정이 떠올랐다. 개중에는 뭔가 맛있는 걸 앞에 두기라도 한 것처럼 입맛을 쩝쩝대며 다시는 자들까지 있다.

그런데 그들이 막 시장 쪽으로 몰려가려 할 때였다.

갑자기 뭔가 깨지는 소리와 함께 일행의 우두머리 노릇을 하고 있던 중년 도사가 머리를 감싸 쥔 채 바닥에 주저앉았다.

"나 죽네!"

바닥에 주저앉은 중년 도사의 외침은 결코 엄살이 아니었다. 머리를 감싸 쥔 그의 양손 사이로 피가 뭉클거리며 흘러내리고 있었다. 머리가 깨진 것이다.

그때다. 머리가 깨진 중년 도사 쪽으로 시선을 빼앗겼던 다른 자들 쪽으로 다가서는 그림자 하나가 있었다. 저잣거리에서부터 도사를 가장한 무뢰배들을 쫓아온 운검이었다.

우둑!

우둑!

우드드득!

운검이 무뢰배들에게 사용한 건 난화불혈수였다. 그냥 주먹이나 발로 패는 것보다 금나수로 아예 전신의 뼈를 모조리 부러뜨리는 쪽을 선택한 것이다.

효과는 확실했다.

운검이 펼친 난화불혈수에 걸려든 무뢰배들은 처절한 비명과 함께 개구리처럼 바닥에 널브러졌다. 권각에 얻어맞는 것과는 비교가 되지 않을 정도로 심한 꼴을 당한 채였다.

운검이 그 정도로 만족했을 리 없다.

바닥을 개처럼 기고 있는 무뢰배들의 머리 위로 운검의 권각이 쏟아졌다.

"으악!"

"으악!"

"으아아아악!"

복날이었다. 개의 멱이 따지는 소리가 천지를 뒤흔들고 있었다.

잠시 후.

운검은 도사 노릇을 하며 무전취식을 한 무뢰배들의 전낭을 챙기고 도사복을 회수했다. 온몸의 뼈가 부러지고 피똥을 싸게 한 것으로도 모자라 알몸으로 수해촌을 떠나게 만든 것이다.

쩔그렁!

운검은 무뢰배들에게서 빼앗은 전낭의 돈을 한데 합치곤 내심 나직이 혀를 찼다.

'쳇! 네 놈이 합쳐서 고작해야 철전 육십 개라니! 근래 족친 개자식들 중에 가장 가난한 놈들이잖아!'

운검은 소금주의 설명을 듣고 미현에서 오십여 리 정도 떨어진 수해촌에 열흘 전 도착했다.

그 후 저잣거리에서 수년 전부터 국수와 음식을 팔고 있는 초라한 복장의 여인을 줄곧 살피고 있었다. 소금주에게 전해 들은 정보에 의하면 그녀야말로 현재 세상에 생존해 있는 유일한 혈육일 가능성이 높았기 때문이다.

하지만 지난 며칠 운검이 지켜본 여인은 참 멍청했다.

그녀는 몇 년 전 수해촌을 덮친 수마로 고아가 된 후 부모의 말로만 들었던 오라비를 기다리고 있었다. 전날 부모가 도사에게 판 유일한 혈육이 언젠가 자신을 찾아오리란 말도 안 되는 믿음을 가지고 있는 것이다.

그래서 그녀는 항상 도사들에게 공짜로 음식을 제공했다. 수년간 계속 그래 왔다. 그렇게라도 해서 부모가 오라비에게 진 죄를 갚고 싶었음이 분명하다.

운검은 그 같은 사정을 소금주에게 전해 듣자마자 속에서 열불이 나는 걸 느꼈다.

속죄?

그딴 걸 바라고 화산을 떠나온 게 아니다. 혈육을 찾으려 한 것 역시 아니다.

그는 단지 확인하고 싶었다.

진짜로 피를 나눈 혈육이라면 저주나 다름없는 마정에 깃든 천사심공으로부터 자유로울 수 있지 않을까 생각했다. 그게 다였다.

그런데 자신도 모르는 곳에서 얼굴조차 모르는 누이가 부모가 지은 죄의 대가를 홀로 치르고 있다니!

운검은 하도 열이 받아서 잠시 동안 제자들로부터도 따로 떨어져 홀로 서성거렸다. 울컥하고 가슴속으로부터 치솟아

오른 분노를 삭이는 데 조금 시간이 필요했다.

'뭐, 그래도 덕분에 지난 며칠간 수입이 짭짤하긴 했지. 벼룩의 간을 내먹으려고 달려드는 잡놈들이 꽤나 많았으니까……'

운검은 회상을 끝내며 입가에 흐릿한 미소를 매달았다. 다시 그의 손에 들린 전낭이 한차례 공중으로 떠올랐다가 요란한 소릴 내며 떨어져 내렸다.

쩔그렁!

시장통에도 슬슬 어스름이 내리기 시작했다. 저잣거리를 바쁘게 오가던 사람들 역시 하나둘 모습을 감추고 있었다. 오늘도 하루 일과가 서서히 끝나가고 있는 것이다.

유옥은 자신의 거의 남은 것이 없을 정도로 텅 빈 좌판을 물끄러미 바라보다가 자리를 털고 힘겹게 일어섰다.

어질!

순간적으로 현기증을 느낀 유옥이 가냘픈 신형을 가볍게 휘청거렸다.

꼬르륵!

마치 기다리고라도 있었던 것 같다. 유옥의 뱃속에서도 우렁찬 소음이 튀어나왔다.

하루 종일 먹은 게 없다. 기껏해야 국수와 소면을 삶은 국물 조금에 만두 하나가 전부다. 조금이라도 음식을 많이 팔아야만 했기 때문이다.

그러나 유옥의 주머니는 언제나와 마찬가지로 그리 풍요롭지 못했다.

고작 철전 몇 개.

그게 오늘 유옥이 번 돈의 전부였다. 중간에 개떼처럼 몰려온 도사들이 준비해 온 음식의 대부분을 거덜 낸 탓이 크다. 사실 그 외에도 마음씨 착한 그녀에게 외상으로 음식을 얻어먹는 자들이 많기도 했다.

"하아, 곧 월세를 내야 할 때인데……."

유옥의 입에서 다른 사람 앞에선 결코 내보이지 않는 삶의 시름이 깊이 묻어 나왔다.

지난 몇 년간 수해로 인해 부모를 비롯한 모든 것을 잃어버린 유옥이었다. 집 역시 당시에 완전히 박살이 나버려서 현재는 남의 집에 얹혀 지내는 터였다.

비록 타고난 음식 솜씨가 나쁘지 않아서 그동안은 좌판행상으로 근근이 버티고 있었긴 하나 근래 들어 사정이 더욱 어려워졌다. 계속 공짜 손님이 늘어서 수입이 오늘처럼 터무니없을 정도로 줄어버렸기 때문이다.

잠시 걱정 어린 표정으로 전낭과 좌판을 바라보던 유옥이 허리를 주먹으로 툭툭 두드리곤 짐 정리에 들어갔다. 시장통이 완전히 어두워지기 전에 집으로 돌아가기 위함이었다.

그때다. 갑자기 유옥의 좌판 앞에 한 명의 사내가 털썩 주저앉았다. 도사 흉내를 내던 무뢰배들을 박살 내고 돌아온 운검이었다.

"소면 한 그릇!"

"아!"

운검의 주문을 들은 유옥의 얼굴에 잠시 난처한 기색이 스쳐 지나갔다.

좌판 위에 남은 음식 재료.

그것은 오늘 밤과 내일 아침에 그녀가 먹을 요깃거리였다. 운검에게 그걸 넘기면 꼼짝없이 굶어야만 할 판이었다.

'그렇지만 이 손님은 소면을 시켰어. 행색도 지저분한 게 돈도 얼마 없을 것 같으니, 만약 내가 소면을 팔지 않으면 오늘 밤 굶어야 할지도 몰라.'

유옥의 망설임은 그리 오래가지 않았다.

여전히 꼬르륵거리며 울고 있는 아랫배에 억지로 힘을 준 그녀가 평상시처럼 얼굴 가득 부드러운 미소를 만들어냈다.

"손님, 조금만 기다리세요. 다시 불을 지펴서 국물을 데우도록 할게요."

"난 지금 몹시 배고픈데?"

"예?"

"국물을 다시 데울 때까지 기다릴 수 없을 정도로 배가 고프니까 그냥 내달라고."

"그래도 그러면 맛이 없는데……."

"시장이 반찬이란 말이 있잖아. 이렇게 말하는 중에도 배가 고파서 쓰러질 지경이니까 얼른 소면이나 내줘."

"……."

운검의 연이은 재촉에 유옥이 더 이상 권하길 포기하고 식은 국물에 소면을 말아서 얼른 내놨다. 운검이 진짜로 많이 배가 고픈가 보다 생각한 까닭이다.

'그런데 이분, 초면부터 계속 반말을 하는데 어째서 화가 나지 않는 걸까?'

처음 보는 젊은 남자.

자세히 살펴보니 얼굴이 제법 잘생긴 것 같다. 키도 훤칠하다. 주변 시장통에서 보아온 사내들과는 질적으로 차이가 있어 보인다.

곧바로 식사에 들어간 운검을 바라보며 거기까지 상념을 이어가던 유옥이 갑자기 얼굴을 노을처럼 붉혔다. 마치 자신이 눈앞의 남자에게 홀딱 빠진 것 같은 생각이 들어서였다.

그때 단숨에 소면의 국물까지 핥아먹은 운검이 빈 그릇을 바닥에 놓고 자리에서 일어섰다. 그리고 좌판 위로 묵직한 전낭 하나를 던져 놓는다.

"잘 먹었다."

"손님, 이건 도대체……."

"음식값이니 넣어둬!"

운검이 묵직한 전낭을 들어서 건네주려는 유옥에게 휘휘

손을 내저어 보이며 신형을 돌려세웠다.
"그런……."
대번에 울상이 되어버린 유옥의 얼굴.
그러거나 말거나 뒤도 돌아보지 않고 다시 손을 한차례 휘저어 보인 운검이 휘적휘적 시장 골목 밖으로 걸어갔다.

第十五章

남매상봉(男妹相逢)
피는 물보다 진하니, 서로가 서로를 끌어당긴다

"이, 이건 도대체……."

유옥은 잠시 동안 넋을 잃고 있었다.

수중에 쥐어진 전낭의 무게.

철전 몇 개가 전부인 그녀의 주머니와는 비교가 되지 않는다. 그냥 손끝에 느껴지는 감촉만으로도 알 수 있었다. 결코 소면 한 그릇 값이라 할 수 없는 것이다.

그도 그럴 것이 전낭 안에는 화산을 떠난 후 운검이 모은 전 재산이 들어가 있었다. 물론 지난 며칠간 유옥의 좌판에서 도사를 가장해 무전취식을 한 무뢰배들에게 빼앗은 돈 역시 함께다.

은자로만 따져도 오십 냥이 넘는 액수.

유옥으로선 일 년을 꼬박 모아도 만질 수 없는 거금이다.

잘끈!

엉겁결에 전낭을 열고 안에 잔뜩 들어가 있는 은자와 철전의 개수를 세어본 유옥이 아랫입술을 강하게 깨물었다. 문득 자신이 동냥을 받았다는 생각이 든 까닭이다.

'이건 안 될 일이야!'

내심 중얼거린 유옥이 얼른 전낭을 챙기곤 운검의 뒤를 쫓기 시작했다. 소중한 장사 밑천인 좌판과 물건조차 놔둔 채 어둠이 깃들기 시작한 시장통을 달려나갔다.

"손님, 기다리세요! 손님!"

"……."

운검은 본래 뒤도 돌아보지 않고 저잣거리를 떠나려 했다. 지난 며칠간 유옥을 관찰했지만, 별다른 점을 찾을 수 없었다. 그녀가 생면부지(生面不知)의 여동생이란 확신을 갖는 데 실패한 것이다.

당연하다.

운검이 집을 떠난 건 이십 년도 전이다. 고작해야 다섯 살밖엔 되지 않았던 때다. 어찌 부모도 아니고 당시 태어나지도 않았던 여동생에게서 혈육의 증거를 찾을 수 있을 것인가.

하지만 유옥이 여동생이 아니란 증거 역시 없었다. 그녀의 가족사나 도사에 대한 진심 어린 행동은 쉽사리 비슷한 예를 찾기가 어려운 까닭이다.

결국 운검은 고심 끝에 본래 자신의 가족을 만났을 때를 위해 모아놨던 돈을 유옥에게 내어주기로 결정했다. 그럼으로써 어린 시절 헤어진 가족에 대한 감정상의 찌꺼기를 깨끗이 털어버릴 작정이었다.

'그런데 어쩌자고 쫓아온 거야?'

운검은 조금 짜증스런 심정으로 자신을 불러 세운 유옥을 바라봤다.

허리를 절반쯤 꺾은 채 헐떡이고 있는 모습.

보통 사람보다 보폭이 크고 걸음이 빠른 운검을 따라잡기 위해 최선을 다했음이 분명하다. 그 결과로 그녀는 숨이 턱밑까지 차올라 일시 말조차 잇지 못하고 있었다.

운검이 그 같은 사정을 모를 리 없다. 그는 유옥이 숨을 고르고 허리를 펴기까지 묵묵히 기다리고 있었다.

어쩌면 여동생일 수도 있다.

그 정도쯤은 해줘도 좋을 것 같다.

그렇게 잠시 시간이 흘러 유옥의 거칠어졌던 호흡이 점차 평온을 되찾았다.

"후읍!"

유옥이 다시 크게 숨 한 모금을 들이켜곤 무릎에 대어져 있던 양손에 힘을 주고 허리를 폈다. 그녀의 곧은 눈빛이 코앞에 묵묵히 서 있는 운검을 향한다.

"손님, 소면의 가격은 철전 하나입니다."

"보통 그렇지."

"그런데 어째서 이리 많은 돈을 주신 거죠? 혹여 절 가엾게 여겨 동정하신 건가요?"

"동정?"

반문과 함께 어깨를 한차례 추어 보인 운검이 퉁명스레 말했다.

"동정은 내가 아니라 네가 한 것 같은데?"

"예?"

"도사 복장을 한 자들이나 시장통의 떨거지들한테 줄곧 공짜로 음식을 나눠줬지!"

"그, 그건……."

"네가 돈이 억수로 많아서 주체하지 못할 정도의 부자라면 괜찮아. 아니, 그냥 종종 헛되이 돈을 써도 먹고살 만할 정도의 살림살이라도 된다면 돼. 하지만 남의 집에 얹혀살면서 월세조차 빠듯한 살림살이인데, 그런 낭비를 하는 건 멍청한 짓이야. 동정 이전에 말야."

"하, 하지만 부모님이 말씀하시길 제 오라버니는 도사가 되셨어요. 그리고 그분은 이 세상에 남은 유일한 친인이에요."

"그렇다고 세상의 모든 도사를 오라비처럼 생각해선 안 되지. 진짜 오라비라면 부모를 잃고 어렵게 살아가는 여동생을 그런 식으로 뜯어먹을 리 없고 말야."

"그, 그치만······."

유옥은 운검의 냉정한 꾸짖음에 뭐라 반박을 하려다 입을 굳게 다물었다.

그의 차가운 말속에 묘하게도 자신을 생각해 주는 마음이 담겨 있음을 문득 느끼게 되었다. 그런 생각을 하자 자신도 모르게 눈물이 난다.

"으흑!"

"왜 우는 거야?"

"저는 고아예요! 절 사랑해 주고 아껴주는 사람은 이제 세상에 아무도 없어요!"

"도사가 된 오라비가 있다며?"

"오라버니는 나 같은 거, 있는 줄도 몰라요! 내가 태어나기도 전에 집을 나갔단 말예요!"

"······."

운검은 솔직히 인정해야만 했다. 수해로 부모를 잃고도 굳세게 살아가던 유옥을 자신이 울렸음을.

긁적!

운검은 손가락으로 목젖을 긁었다. 이런 경험은 처음이다. 당최 어떻게 울고 있는 여인을 달래야 할지 아무런 생각이 나지 않는다.

남매상봉(男妹相逢)

그런 운검의 난처한 모습을 재밌다는 듯 몰래 훔쳐보고 있는 묘족 복장의 소녀가 있었다. 운검을 수해촌으로 인도한 강북 하오문의 지낭 소금주다.

그녀는 잠시 입가를 작은 손바닥으로 가린 채 키득대더니, 갑자기 숨어 있던 골목을 벗어나 울고 있는 유옥에게로 다가들었다. 입가에는 사람 좋아 보이는 미소를 잔뜩 머금은 채였다.

"아아, 부끄럽구나! 부끄러운 일이야! 당장 시집을 가도 될 처녀가 동네 한복판에서 울고 있다니!"

"……."

유옥이 어깨를 움찔하더니, 곧 두 손으로 얼굴을 슥슥 훔쳐 보였다. 순진한 처녀답게 소금주의 한마디에 울음을 그치고 주변의 이목을 걱정하기 시작한 것 같다.

운검으로선 천군만마의 지원군을 얻은 것이나 다름없다. 그가 소금주에게 한차례 고개를 끄덕여 보였다. 몰래 자신의 뒤를 밟았음을 눈치 채고서도 화를 내는 기색이 없다.

'호호, 그럼 그렇지. 아무리 잘 벼려진 검처럼 빈틈 한구석 찾을 수 없는 사내라 해도 친혈육 앞에선 약해지는 게 당연한 법이지.'

소금주는 운검을 훔쳐보며 슬쩍 입가에 미소를 담았다. 제대로 건수를 잡았다는 판단이다.

'다행이군. 우는 여자는 질색인데, 대신 달래줄 계집애가

나서줘서. 그런데 이 하오문의 계집애가 여기 있다는 건 부근에 진 소저도 있다는 뜻일 테지?'

운검은 내심 입맛을 다시며 소금주에게서 시선을 떼어내고 주변을 이리저리 둘러봤다. 자신의 영원한 밥줄이라 할 수 있는 진영언을 찾기 위함이었다.

         *   *   *

오싹!

진영언은 수해촌에 위치한 유일한 주점인 대흥반점(大興飯店)에서 식사를 하던 중 어깨를 한차례 떨어 보였다. 왠지 모를 한기를 느낀 때문이다.

그녀의 앞에 앉아서 역시 식사에 여념이 없던 북궁휘와 영호준이 의아한 표정을 던져 보였다.

절정고수인 진영언이다.

그녀가 갑자기 바짝 긴장하는 모습이 이상하지 않을 수 없다.

'주변에 무공을 연마한 것 같은 자는 없는데, 어째서 진 소저가 이리 긴장을 하는 거지?'

북궁휘는 몰래 내공을 운기해서 반점 내부를 살피곤 내심 고개를 갸웃거렸다.

'혹시 감기에 걸린 건가? 하긴 진 소저는 항상 저렇게 얇고

남매상봉(男妹相逢) 143

추울 것 같은 옷차림을 하고 있으니까…….'

영호준은 진영언의 몸매가 그대로 드러나 보이는 홍의무복을 한차례 바라보곤 갑자기 얼굴을 붉혔다. 문득 떠오른 자신의 생각이 지나치게 대담하다 여긴 까닭이다.

진영언이 몰래 내공을 일으켜 한기를 치워 버리곤 북궁휘에게 시선을 던졌다.

"그런데 꽤나 늦네요, 그 사람."

북궁휘가 반점 내부로 확장시켰던 감각을 거둬들이곤 진영언에게 천천히 고개를 끄덕여 보였다.

"사부님께서는 항상 저녁이 되기 전에 돌아오셨는데, 오늘은 좀 늦어지시는 것 같습니다."

"그래서 감격적인 오누이 상봉은 이뤄진 건가요?"

"그게……."

북궁휘는 신중한 성격이다. 운검이 지난 며칠간 계속 유옥을 몰래 지켜만 봐온 것을 아는 터에 쉽사리 결론을 말할 순 없었다.

대신 영호준이 말했다.

"사부님은 너무하세요. 시장통에서 어렵게 생활하는 동생분을 며칠째 그냥 지켜보고만 계시니……."

"그냥 지켜만 보고 있다고?"

"예."

영호준의 불만스런 대답을 들은 진영언이 눈매를 가늘게

만들어 보였다. 요염한 입술 새로 나직한 냉소가 기다렸다는 듯 뒤따른다.

"흥! 강북 하오문에 거금을 들여서 알아봐 준 정보인데도 못 믿는 거로군. 정말 대단한 사람이야."

"아니, 사부님은 그런 게 아니라……."

"아니면?"

도발적일 정도로 고개를 들이미는 진영언의 행동에 영호준이 다시 얼굴을 붉혔다. 운검에 대한 변명도 도로 입 안으로 쏙 들어가 버린다.

이번엔 북궁휘가 대신 말했다.

"진 소저, 사부님은 아주 어렸을 때 집을 나오셨습니다. 비록 여러 가지 정황상 일치하는 점이 많다곤 하나 혈육을 찾는 일입니다. 쉽사리 결정을 내린다는 게 오히려 이상한 일이라고 생각합니다."

"설마하니 북궁 소협이 그 사람한테 그 같은 조언을 한 건가요?"

"그렇진 않습니다."

"흐음, 그 말 사실일 테죠?"

진영언이 이번엔 북궁휘 쪽으로 고개를 내밀며 입술을 비죽거렸다. 북궁휘의 설명에도 불구하고 단단히 빈정이 상한 모습이다.

'본래 성현이 말씀하시길 여인과 소인은 다루기가 어렵다

남매상봉(男妹相逢) 145

고 하시더니, 정말로 그렇구나. 비록 녹림에 속한 여인이라곤 해도 진 소저는 성격이 제멋대로라서 상대하기가 쉽지 않다.'

북궁휘는 진영언의 도발적인 눈빛을 슬그머니 피하며 내심 운검이 빨리 돌아오길 기다렸다. 슬슬 진영언을 접대하기에 피곤함을 느끼기 시작한 것이다.

그때다.

평상시 실생활에 있어 그다지 도움이 된 적이 없던 영호준이 놀랍게도 북궁휘를 곤경에서 벗어나게 해줬다. 벌떡 자리에서 일어선 그가 말했다.

"북궁 사제, 사부님이 평소보다 너무 늦으니, 우리 찾으러 나가는 게 어떻겠습니까?"

"음, 그도 그렇군요. 이런 촌동네에서 사부님께 특별히 문제가 생길 만한 일은 없겠지만, 반점 밖에서 돌아오시길 기다리는 것도 나쁘진 않겠지요."

"역시 그렇지요? 우리 반점 밖으로 나갑시다!"

"예."

북궁휘가 대답과 함께 진영언에게 한차례 목례를 해 보이고 벌써 문밖으로 달려나간 영호준의 뒤를 따랐다. 남몰래 한숨을 한차례 내뱉은 후였다.

* * *

소금주와 유옥은 금세 친해졌다.

강북 하오문의 지낭답게 소금주는 언변이 청산유수(靑山流水)였다. 거침없는 말발로 유옥을 달래더니, 곧 그녀와 언니 동생 하는 사이가 되었다.

'쳇, 과연 하오문의 지낭이라 불리는 백안천이로군. 단지 말 몇 마디에 저 순진하고 착해 빠진 녀석을 휘어잡아 버리고 말야.'

운검은 내심 혀를 찼다. 소금주 덕분에 유옥이 울음을 멈춘 건 좋은 일이나 두 사람이 친해지는 건 그다지 마음에 들지 않았다.

무림인과 민간인.

고작해야 두 자밖엔 차이가 나지 않지만 둘 사이엔 결코 넘지 못할 거대한 간극이 존재했다.

무림인이 칼날에 묻은 핏물을 혀로 핥는 걸 당연시하는 데 반해 민간인은 이야기책에서나 그 같은 일을 접할 수 있었다. 서로 사는 세계 자체가 다른 것이다.

당연히 운검은 유옥이 후자에 계속 있어주길 바랐다. 지난 며칠간 몰래 지켜보는 동안 그녀에게 묘한 감정이 생겨 버렸기 때문이다.

그런 운검의 내심을 읽기라도 한 것일까?

소금주가 갑자기 유옥과 수다 떨기를 멈춘 후 경고 섞인 목소리로 말했다.

"유옥 언니, 이래 뵈도 나는 무림에 속한 여자예요. 나랑 계속 친하게 지내다가는 언니한테 어떤 피해가 갈지도 몰라요."

"아아, 금주 동생은 무림인이었구나! 어쩐지 행동이 날렵하더라니……."

"뭐, 그래 봤자 그리 대단한 무공을 익힌 것도 아니에요. 저기 서 계신 운 소협에 비하면 그야말로 새 발의 피라고 할 수 있지요."

"저분이 그렇게 대단하셔?"

"아무렴요! 저 같은 조그만 계집애 따윈 수십 명이 달려들어도 저분의 옷자락 하나 건들지 못할걸요?"

"……."

유옥이 소금주의 너스레에 새삼스런 표정으로 운검을 바라봤다. 그저 돈 많고 친절한 청년이라고만 생각했던 그가 왠지 대단하게 보였다.

소금주가 운검에게 한쪽 눈을 살짝 찡긋해 보였다. 자신의 솜씨가 어떠냐는 듯 자랑하는 것 같다.

'뭐, 어떨 땐 개똥도 쓸모가 있는 법이지.'

내심 중얼거린 운검이 여전히 자신이 준 전낭을 두 손으로 만지작거리고 있는 유옥에게 퉁명스레 말했다.

"다시 한 번 말하지만 나는 네 소면을 맛있게 먹었다. 그래서 그 값을 치른 거야. 결코 널 가여워하거나 동정해서가 아니니까 그 전낭을 내게 돌려줄 생각은 아예 하지 마!"

"그, 그렇지만……."

"하지만 나는 네가 다시 여태까지 했던 것 같은 멍청한 짓을 반복한다면 무척 화가 날 거다. 진짜 세상을 유랑하며 수행을 하는 도사들은 결코 너처럼 가난한 계집애를 등쳐 먹는 짓은 하지 않는다. 그런 식으로 수행을 할 바엔 다 때려치고 산으로 들어가느니만 못하거든."

"그, 그런 걸 어찌 그리 자세히 아시는 거죠?"

"나도 한때는 도사였으니까."

그 말을 끝으로 운검이 유옥으로부터 신형을 돌려세웠다.

'나도 한때는 도사였다고…….'

유옥은 잠시 멍청한 표정이 되었다. 운검이 돌아서기 전 마지막으로 던진 한마디에 다시 넋이 나가 버리고 만 것이다.

'헤에! 일이 재밌게 돌아가네?'

소금주가 유옥의 넋 빠진 얼굴을 힐끔 바라보곤 얼른 운검의 뒤를 쫓았다. 유옥보다는 운검을 쫓아가는 편이 재밌으리란 생각이 들었기 때문이다.

운검이 대흥반점을 향해 걷던 걸음을 갑자기 멈춰 세웠다. 곧바로 퉁명스런 한마디가 흘러나온다.

"왜 날 따라오는 거지?"

"반한 남자를 따라다니는 건 여인의 숙명이지요."

"까분다."

"에헤헤! 그럼 앞으로 반할 것 같은 남자를 따르는 거라고 타협을 보도록 하죠."

"어찌 됐든 나한테 반했다고 주장하는 건가?"

"물론이죠!"

슬며시 목청을 높여 대답한 소금주가 특유의 바닥을 미끄러지는 듯한 신법을 펼쳐 운검의 앞에 모습을 드러냈다. 얼굴에는 여전히 방실거리는 미소가 가득하다.

운검이 어깨를 한차례 추어올리곤 말했다.

"그럼 반한 남자의 부탁 하나를 들어주면 어때?"

"뭔데요?"

"오늘 자매지연을 맺은 못난이한테 지금 당장 달려가서 호위를 서줘."

"아하! 갑자기 가난한 아가씨에게 거금이 생겼으니 혹시 날파리가 꼬여들지 않는지 봐주란 말이군요?"

"지난 며칠간 근방의 껄렁한 녀석들은 모조리 손을 봐줬지. 아마도 앞으로 그 못난이한테 접근해서 협잡질을 벌일 정도로 간담이 큰 놈들은 없을 거야. 하지만 다른 지역에서 온 놈들은 또 모르지."

"이 마을에도 하오문도는 있어요. 유옥 언니의 호위를 서게 되면 일종의 광고가 될 테지요?"

"그런 셈이지. 해주겠나?"

"그렇게 매력적인 표정으로 부탁을 하면 내가 어떻게 거절할 수 있겠어요?"

소금주가 또다시 운검에게 한쪽 눈을 찡긋해 보이곤 곧바로 신형을 돌려세웠다. 유옥이 세 들어 사는 집으로 폴짝거리며 신형을 날려가기 시작한 것이다.

'당최 속을 모를 꼬맹이로군. 머릿속이 어찌나 복잡한지 읽기조차 힘들어.'

운검이 입가에 고소를 담은 채 내심 고개를 절레절레 흔들었다.

그때다.

갑자기 그의 귓전으로 나직한 코웃음 소리가 들려왔다.

"흥! 뭘 하느라 늦는가 했더니, 하오문의 꼬마 계집애랑 연애질을 하고 있었군!"

'연애질?'

운검은 사뭇 귀에 거슬리는 목소리의 주인공이 누군지 대번에 눈치 챘다. 내심 피식 하고 웃음을 보인 그가 슬그머니 신형을 돌려세웠다.

그러자 여전히 눈으로도 좇기 힘든 불영신법을 펼친 진영언이 지척에 이르러 있었다. 얼마나 은밀하게 움직였는지 지극히 작은 소음조차 느끼지 못했다.

"이곳에는 어쩐 일이오?"

"연애를 방해받아서 기분이 나쁜가 보지?"
"그렇다면?"
"……."

운검의 퉁명스런 반응에 진영언이 일순 입을 굳게 다물었다. 어느새 밤이다. 야천으로부터 교교히 떨어져 내리고 있는 달빛을 무대로 진영언의 새파랗게 독기가 오른 눈빛이 무서우리만치 빛을 발하고 있다.

'무섭군.'

운검은 솔직하게 인정했다. 진영언 같은 강자를 화나게 만드는 건 그리 좋은 선택은 아니다. 곧 운검의 입가로 다분히 사교적인 미소가 매달렸다.

"하하, 그나저나 반갑소!"
"말 돌리기냐? 어째서 갑자기 내가 반가운 거지?"
"마침 돈이 몽땅 떨어져서 앞으로 어찌하나 걱정하던 참인데, 내 인생의 재신(財神)을 다시 만나게 되니 어찌 반갑지 않을 수 있겠소?"
"그, 그러니까 돈이 다 떨어진 참에 날 만난 게 반갑다는 거냐?"
"그렇소."

운검의 태연자약한 대답에 진영언이 늘씬한 몸 전체를 부르르 떨어 보였다. 당장 운검에게 달려들고 싶은 걸 억지로 참느라 몸살이 날 지경이다.

운검에게 진영언의 이 같은 반응은 이미 익숙하다. 그는 전혀 개의치 않는 표정으로 말을 이었다.

"그런데 어떻게 내가 있는 곳을 알아낸 것이오? 혹시 하오문의 소 낭자를 따라서 온 것이오?"

"그 조그맣고 영악한 여우와의 거래는 이미 끝났다."

"그럼 내 얼굴만 그럴듯하고 별 쓸모가 없는 제자들을 만난 게로군?"

"……."

운검은 굳이 진영언의 대답을 기다리지 않았다. 차가운 시선을 방금 전 그녀가 모습을 드러낸 방면으로 던졌을 뿐이다.

'들켰다!'
'역시 사부님!'

어둠 속에 몰래 몸을 숨기고 있던 영호준과 북궁휘가 내심 경호성을 발했다.

두 사람은 본래 얼마 전까지 대홍반점 앞에서 운검을 기다리고 있었다. 그곳에서 벗어나지 말 것을 운검이 지시 내린 까닭이다.

그러나 진영언이 대홍반점을 벗어나자 어쩔 수 없이 그녀의 뒤를 따를 수밖에 없었다. 혹시 그녀와 운검이 먼저 조우한 후 문제가 발생할 것을 염려한 행동이었다.

당연히 두 사람은 진영언과 대화를 나누고 있는 운검을 발견하고도 쉽사리 다가갈 수 없었다.

당장 혈전이라도 벌일 것 같은 분위기랄까?

잘생긴 얼굴에 반해 남녀 관계에 대해선 도사였던 운검에 버금갈 정도로 쑥맥인 두 사람이다. 운검과 진영언 간의 기묘한 긴장감을 그리밖엔 해석하지 못했다.

북궁휘가 완전히 겁을 먹고 몸을 벌벌 떨고 있는 영호준에게 말했다.

"사형, 사부님께 가서 인사를 드려야 하지 않겠습니까?"

"역시 들켰겠지요?"

"물론입니다."

북궁휘가 고소와 함께 고개를 미미하게 끄덕여 보였다. 어떤 일이든 절대로 겁을 먹는 일이 없는 영호준이 운검과 관계된 일에만은 완전히 다른 사람이 되는 게 흥미롭다.

결국 영호준이 호흡을 한차례 크게 들이마시곤 고개를 끄덕였다.

"후웁! 갑시다! 대신에 사부님이 화를 내시면 북궁 사제가 말려줘야만 합니다!"

"노력해 보겠습니다."

"반드시 그래야만 해요! 반드시!"

북궁휘에게 어리광이라도 부리듯 목청을 높인 영호준이 다시 천천히 호흡을 가다듬곤 운검 쪽으로 달려갔다. 북궁휘가 그 모습을 보고 귀엽다는 듯 고소를 지어 보이곤 천천히 그 뒤를 따랐다.

"빨리도 오는군?"
 운검의 퉁명스런 반응에 영호준과 북궁휘가 얼른 허리를 숙여 보이며 답했다.
 "제자 영호준, 사부님을 뵙습니다!"
 "제자 북궁휘, 사부님을 뵙습니다!"
 운검의 표정은 여전히 딱딱하게 굳어 있다. 진영언에게 보여주기 위함이다.
 "이놈들! 내가 절대로 수해촌에선 함부로 돌아다니며 사고 치지 말라고 했으렷다!"
 영호준과 북궁휘가 서로를 바라보곤 얼른 복명했다.
 "제자, 사부님의 명에 충실히 따랐습니다!"
 "죄송합니다!"
 영호준이 북궁휘의 예상과 다른 대답에 놀란 표정을 지어 보였다.
 "북궁 사제, 그게 무슨 소립니까?"
 북궁휘가 영호준을 한차례 바라보곤 다시 운검에게 고개를 숙여 보이며 고했다.
 "영호 사형의 말대로 저희는 오늘도 대홍반점에서 한 걸음도 벗어나지 않았습니다. 주변 사람들과 어울리지도 않았을 뿐더러 어떠한 충돌도 일어나지 않게 주의를 기울였습니다.

하지만 진 소저의 방문을 미처 사부님께 알리지 못했습니다. 이 점 깊이 반성하고 있습니다."

"와아!"

영호준은 북궁휘의 지나칠 정도로 훌륭한 사죄의 말에 입을 벌리고 감탄성을 터뜨렸다. 감히 자신으로선 상상조차 하지 못할 만큼 기가 막힌 사죄란 생각이 들었기 때문이다.

운검 역시 그 점은 인정했다.

미미하게 고개를 끄덕여 보인 그가 말했다.

"확실히 휘, 네가 조금은 사람이 되었구나. 쥐뿔도 할 줄 아는 건 없는 주제에 입만 살아서 무조건 잘못한 게 없다고 나대는 녀석보다는 나아."

"사, 사부니임……."

영호준이 얼굴을 붉힌 채 울상이 되었다. 운검의 적나라한 평가에 당장 쥐구멍에라도 들어가고픈 심정이다.

그러나 운검은 그런 영호준을 본체만체하곤 북궁휘에게 확인하듯 물었다.

"그러니까 너희가 진 소저를 대홍반점으로 데려온 게 아니란 것이렷다?"

"예, 그렇습니다."

"흠."

운검이 턱밑을 손가락으로 한차례 쓸어보곤 시선을 진영언에게 던졌다. 이미 속으로 생각해 뒀던 질문 하나가 자연스레 그 뒤를 따른다.

"진 소저, 도대체 뭘 부탁하려고 날 찾아온 것이오?"

"그렇게 혼자 제멋대로 떠들어대더니, 갑자기 이런 식으로 단도직입적인 질문을 던지는 거냐?"

"뭐, 우리 사이에 예의 차릴 것 없잖소."

"우리 사이가 어떤 사인데?"

"고용인과 고용자 관계?"

"흥!"

진영언이 나직이 냉소를 터뜨렸다. 운검이 말한 관계 설정이 꽤나 마음에 들지 않았기 때문이다.

*   *   *

소금주는 강북 하오문의 지낭이다. 진영언의 청부를 떠나서 운검에 대해선 관심도 꽤나 많다.

그렇다 보니 그녀는 수해촌에 오기 전 이미 유옥에 관한 자질구레한 정보를 죄다 파악해 놓고 있었다. 운검에게 알려준 일반적인 정보 이상의 걸 알고 있는 것이다.

'유옥 언니가 세 들어 살고 있는 집의 주인인 왕복만은 일대에서 제법 잘사는 놈이야. 당연히 주색을 탐하는 돼지 같은 녀석이지. 그런 놈이 수해 전 부모 형제를 모조리 잃고 혼자 몸이 된 유옥 언니에게 선뜻 집 한 채를 내준 이유가 뭘

남매상봉(男妹相逢) 157

까나?'

하오문.

강호무림에서도 온갖 쓰레기들과 하류인생의 집합소라 할 수 있다. 그만큼 세상의 밝은 면보다는 더럽고 추한 면에 익숙해지지 않을 수 없다.

소금주는 주색을 탐하는 왕복만이 유옥을 도와준 이유를 쉽사리 짐작해 냈다.

일명 키워서 잡아먹기!

왕복만은 적은 돈을 들여서 어리고 예쁜 첩을 들이려 하고 있음에 분명했다. 그런 수작질은 하오문에서는 농담 따먹기나 다름없을 정도로 흔하디흔한 얘기였다.

그렇게 소금주가 여느 여염집 규수로선 상상조차 못할 생각들을 떠올리는 동안 유옥은 다시 시장통으로 돌아가서 좌판과 집기를 챙기곤 집으로 돌아왔다. 여전히 운검이 건네준 전낭을 두 손에 꼬옥 쥐고서였다.

삐걱!

평상시 문고리조차 걸지 않는 나무 문을 밀치고 집 안으로 들어서던 유옥이 흠칫 놀란 기색이 되었다. 어둠 속에 파묻혀 있던 집 안에서 갑자기 사람의 그림자 하나가 확 튀어나왔기 때문이다.

"악!"

유옥은 본능적으로 자신의 가냘픈 몸을 양손으로 가리고

서 비명을 질렀다.

당연한 반응이다.

그림자가 그녀의 그 같은 반응에 움직임을 주춤거렸다. 그러더니, 그리 낯설지 않은 목소리가 들려온다.

"유옥아, 나다. 왕복만이야."

"와, 왕 대인……."

유옥이 여전히 경계심을 늦추지 않은 채 어둠 속을 더듬거리며 나아가서 등에 불을 밝혔다. 평소엔 기름 값을 아끼기 위해 거의 사용하는 일이 없으나 지금은 상황이 상황인만치 절약을 떠올릴 때가 아니다.

등에 불을 붙이자 집 안이 환하게 밝아졌다. 집주인인 왕복만의 얼굴 역시 보인다.

유옥의 얼굴에서 그제야 경계심이 사라졌다.

"왕 대인, 이 야심한 시각에 어쩐 일이세요?"

"허허, 내 집에 집주인인 내가 찾아왔는데, 그게 그렇게 이상한 일이더냐?"

"그런 것이 아니라……."

"됐다. 내가 그동안 유옥이 널 가엾게 여겨서 집까지 빌려줬는데, 이런 대접을 받으니 참 어처구니없구나."

화가 난 듯한 왕복만의 모습에 유옥이 얼른 허리를 크게 조아려 보였다.

"왕 대인의 은혜를 어찌 소녀가 모르겠습니까? 홀로 사는 처지에 너무 놀라서 대인께 결례를 범했으니 용서해 주세요."

"흠흠, 아무리 놀랐기로서니, 그리 차갑게 말을 하면 되겠느냐? 나 맘 상한다."

"송구합니다……."

"뭐, 그건 됐고. 내가 일부러 널 이 밤에 찾아온 게 아니다. 본래 온 지 조금 됐는데, 유옥이 네가 늦은 것이야."

"예, 오늘은 중간에 사정이 좀 생겨서 집에 돌아오는 게 늦었습니다."

"그래, 장사는 좀 됐고?"

"그게……."

유옥이 말끝을 흐리자 왕복만이 그녀의 텅 빈 좌판에 시선을 한차례 던지곤 혀를 가볍게 찼다.

"끌! 또 거렁뱅이들한테 퍼줬구나! 퍼줬어! 그래서 이번 달에는 방세를 줄 수 있는 것이냐? 벌써 석 달치나 방세가 밀렸다!"

"죄송합니다. 조금만 기다려 주시면 어떻게든 마련해 보도록 하겠습니다."

"또?"

왕복만의 얼굴에 짜증이 어리자 유옥은 자신도 모르게 운검에게 받은 전낭이 든 품에 손길이 갔다.

자연스레 그리되었다.

그러나 그녀는 곧 손을 그곳에서 떼어냈다. 운검의 마음은 지극히 고마우나 결코 그의 돈을 사용할 순 없다는 생각이 들었기 때문이다.

왕복만이 그 같은 유옥의 내심을 알 리 없다. 자신의 앞에 고개를 조아린 채 침묵하고 있는 그녀의 모습에 슬슬 때가 무르익고 있다 생각할 뿐이었다.

'고것! 몇 년 만에 참 먹음직스럽게 자랐단 말씀이야! 통째로 삼켜도 비린내 하나 나지 않을 것 같단 말씀이지! 이젠 슬슬 제 스스로 내 품에 뛰어들게 만들 때가 된 것도 같은데……'

왕복만은 잠시 갈등했다. 지금 당장 유옥을 덮쳐 버릴 것을. 그만큼 흐릿한 등불과 어우러진 유옥의 모습은 요염한 매력을 풍기고 있었다.

바로 그때다.

갑자기 두 사람밖엔 없던 집 안으로 한 명의 소녀가 쑥 하고 들어섰다. 운검의 부탁대로 유옥의 뒤를 시장통부터 따라온 소금주였다.

"유옥 언니, 부탁 좀 할게요!"

"금주 동생?"

놀란 표정이 된 유옥에게 소금주가 얼른 다가가 품에 안기며 애교 어린 표정으로 말했다.

"유옥 언니도 아시다시피 제가 이 동네가 처음이잖아요?

가냘픈 소녀의 몸으로 객점이나 반점 같은 곳에서 지내긴 무서우니까 며칠만 언니네 집에서 지내게 해주세요!"

"그, 그야 어려울 게 없지만……."

"야호! 역시 유옥 언니가 최고야!"

소금주가 만세를 부른 후 유옥을 얼른 끌어안았다. 그녀의 시야를 가려 버린 것이다.

그와 동시에 슬쩍 움직인 발끝.

느닷없이 집 안으로 들어온 또 다른 미녀인 소금주를 음탕한 표정으로 바라보고 있던 왕복만의 인상이 와락 일그러졌다. 소금주의 발끝이 어느새 하복부에 닿아 있었기 때문이다.

소금주가 입 모양만으로 얘기했다.

"앞으로 쭈욱 고자로 생활하고 싶지 않으면 당장 이곳에서 꺼져!"

"……."

왕복만은 그리 멍청한 사람이 아니다. 소금주의 번개 같은 움직임과 차가운 눈빛을 보고 그녀가 일반인이 아닌 무림의 고수임을 눈치 챘다. 진짜로 자칫 잘못하면 낭심이 피투성이가 된 채 고자가 될지도 모르는 위험에 봉착하게 된 것이다.

끄덕끄덕!

얼른 고개를 주억거린 왕복만이 뒤도 돌아보지 않고 신형을 돌려 집 밖으로 뛰쳐나갔다. 이미 유옥을 어찌해 보겠다던 생각은 십팔만 리 밖으로 날려 버린 직후였다.

'흥! 발정난 돼지가 눈치는 빠르군.'

내심 나직이 냉소한 소금주가 왕복만의 하복부를 압박하고 있던 발끝을 바닥에 직직 문대 버렸다. 흡사 똥이라도 밟은 것 같은 행동이다.

유옥은 그제야 왕복만이 이미 돌아갔음을 알았다. 문득 이상한 생각이 들긴 했으나 소금주가 워낙 귀신같이 일을 처리했기에 눈치를 채진 못했다.

'갑자기 급한 볼일이라도 생각나셨겠지……'

평상시처럼 좋은 쪽으로 생각을 돌린 유옥이 소금주에게 미안한 표정으로 말했다.

"금주 동생, 미안해……"

"뭐가요?"

"마침 집에 쌀과 밀가루가 떨어졌어. 내일 아침 일찍 시장에서 장을 봐올 테니까 그때까지 조금만 참아줘."

"아아!"

나직이 탄성을 발한 소금주가 유옥에게 방긋 웃어 보였다.

"유옥 언니, 전 원래 그다지 식성이 좋은 편이 아니에요. 밤에는 군것질 같은 거 잘 안 하고요."

"그럼 다행이고……"

여전히 미안한 표정으로 말끝을 흐리는 유옥의 배에서 꼬르륵 소리가 흘러나왔다. 운검에게 소면을 말아준 탓에 그녀

남매상봉(男妹相逢) 163

역시 오늘 저녁은 굶게 된 것이다.

"호호, 유옥 언니, 배가 마구 화를 내고 있네요?"

"그러게."

"하지만 오늘 밤엔 아무리 화를 내도 소용이 없겠네요. 먹을 게 떨어졌으니까."

"나도 금주 동생처럼 저녁에 본래 군것질 같은 걸 잘 안 하니까 큰 상관은 없어."

"하긴 저녁에 뭘 먹으면 다음날 얼굴이 퉁퉁 부어서 곤란하죠. 그럼 우리 이만 잘까요?"

"그래."

두 여인은 실없는 대화를 그것으로 끝내고 서로 합심해서 침구를 정리하기 시작했다. 배가 고플 땐 잠을 자는 것 이상이 없었기 때문이다.

그렇게 다시 어둠으로 돌아간 방 안.

소금주는 자신과 나란히 누운 유옥이 계속 몸을 이리저리 뒤척이며 한숨을 토해내는 걸 묘한 표정으로 지켜봤다.

'남매라… 피는 물보다 진하다더니, 역시 서로가 서로를 끌어당기는 건가?'

뒤척!

결국 복잡한 상념에 휩싸여 유옥처럼 몸을 옆으로 뉘인 소금주가 역시 한숨을 입가에 매달았다.

문득 뇌리를 스치는 생각 하나.

유옥에 대한 부러움이다.

소금주 역시 유옥과 마찬가지로 어려서 부모와 형제를 몽땅 잃고 유랑걸식하다 하오문에 든 천애 고아인 까닭이다.

第十六章

황금만능(黃金萬能)
귀신도 부리는 게 황금이나 사람은 사리를 따진다

華山
劍宗

　대홍반점.
　제자들을 떼어놓고 진영언이 처소로 정한 상방에 든 운검이 단도직입적으로 말했다.
　"내 몸값은 진 소저가 생각하는 이상으로 비싸오."
　'다짜고짜 이러기냐!'
　진영언이 서슬 푸른 표정으로 운검을 노려봤다.
　야심한 밤이다.
　비록 두 사람 모두 강호무림에 속한 처지라곤 하나 한방에 들었다는 건 자못 심각한 의미가 있는 사건이었다. 적어도 진영언은 그리 생각했다.

그런데 운검의 이 같은 어처구니없는 태도는 뭔가!

살짝 두근거리고 있던 가슴이 차갑게 식는 걸 느끼며 진영언이 퉁명스레 말했다.

"얼마면 돼?"

"뭐요?"

"얼마면 돼? 얼마면 돼냐고!"

"……."

운검은 자신을 향해 거의 달려들 것처럼 으르렁거리는 진영언의 태도에 잠시 입을 다물었다. 뭔가 자신이 그녀의 심기를 단단히 거슬렀음을 눈치 챘기 때문이다.

그러나 운검은 도사였다.

비록 사람의 속마음을 아주 쉽사리 읽을 수 있고, 눈치 역시 범인과는 비교가 되지 않을 정도로 빠르나 여심(女心)을 읽기엔 한계가 있었다.

이번 역시 마찬가지다.

진영언의 심사가 단단히 꼬였다는 걸 알기는 알았으되 어째서 그리되었는지는 몰랐다. 설마하니 진영언이 천하무쌍의 미남이라 자부하는 제자들을 제쳐 놓고 자신에게 관심을 가졌으리라 어찌 상상인들 할 수 있었겠는가.

운검이 침묵으로 일관하자 진영언이 억지로 치솟는 노화를 억눌렀다. 여전히 자신의 속내를 몰라주는 운검이 얄밉긴 하나 일 얘기가 우선이었다.

"황금 열 냥! 선불로 다섯 냥을 먼저 줄 테니까 내 부탁을 들어줘!"

'황금 열 냥?'

운검의 눈이 조금 커졌다.

이 시대의 화폐 구조를 살펴보자면 철전 이십 개가 은자 한 냥과 같고, 은자 이십 냥이 황금 한 냥이 된다. 즉, 진영언이 제시한 금액을 은자로 환산하면 이백 냥이나 되고 철전으로 치면 사천 개나 되는 거금인 셈이다.

당연히 거진 평생에 걸쳐서 검박한 도사 생활을 영위해 왔던 운검으로선 상상조차 하지 못했던 거금이다. 눈이 커진 것도 무리는 아니다.

운검은 당장 응낙의 말을 꺼내려다 입을 다물었다. 문득 거래를 이렇게 쉽사리 끝내선 안 되겠다는 판단이 들었다.

긁적!

목젖 부근을 손가락으로 긁으며 시간을 끈 운검이 얼굴에 근엄한 기색을 담고서 말했다.

"진 소저, 본시 귀신도 부리는 게 황금이라 하나 사람은 사리를 따져야 하는 법이오!"

"그건 무슨 귀신 씻나락 까먹는 소리냐?"

"어허, 어찌 다 큰 처자가 그리 입이 험한 것이오? 좀 점잖은 표현을 씁시다!"

"헛소리 그만 하고 속셈이나 밝히시지!"

"……."

운검이 또다시 의도된 침묵 끝에 손가락 세 개를 들어 보였다.

"최소한 황금 세……."

"삼십 개? 좋아! 주지. 네놈이 말만 점잖게 할 뿐, 녹림도보다 훨씬 날강도 같은 놈이란 건 내 이미 알고 있었으니까."

운검은 '세 개'란 말을 입속에 쑥 집어넣었다.

본래 그가 손가락 세 개를 꼽아 보인 건 어디까지나 흥정이 없는 거래란 없다는 평소 신념에 의한 행동이었다. 결코 진영언이 제시한 가격이 마음에 들지 않거나 적어서가 아니었다.

당연히 그는 황금 열 냥 외에 은자나 철전까지 거래에 포함시킬 작정을 하고 있었다. 그것만으로도 충분히 이익이란 판단이었다.

그런데 황금 삼십 개란다.

단지 손가락 한번 꼽아 보인 후 얻은 소득치고는 지나친 감이 있다. 슬쩍 그리 친하지 않은 불안이란 놈이 고개를 치켜들지 않을 수 없다.

"그리고 보니 의뢰 내용을 듣지 않았구려. 내게 찬찬히 설명해 주지 않겠소?"

'망할 놈! 맨날 돈돈거리더니, 이제야 안색이 굳었군. 하지만 여동생과 오랜만에 상봉을 했으니 돈이 많이 필요할 테지? 내가 내건 제안을 거절할 순 없을 거다!'

내심 운검에게 새파랗게 웃어 보인 진영언이 시치미를 뚝 떼곤 말했다.
　"당연히 의뢰 내용을 말해줘야겠지. 당신이 할 일은 내 호위야."
　"호위?"
　"그래."
　"누가? 누굴?"
　운검이 한차례 눈을 깜빡인 후 지그시 진영언을 바라봤다. 진심으로 궁금해서 견딜 수 없다는 뜻 역시 덤으로 듬뿍 담아서였다.
　진영언은 화내지 않았다. 그녀 자신도 운검에게 한 말이 꽤나 웃기다 생각하고 있었다. 운검이 이런 반응을 보이는 것도 무리는 아니었다.
　꾸욱!
　손가락으로 자신의 볼록하니 튀어나와 있는 가슴 사이를 지그시 눌러 보인 진영언이 화사하게 웃었다.
　"나! 당신이 호위를 할 사람은 바로 나, 강남 녹림의 총표파자인 홍염마녀 진영언이야!"
　"아!"
　운검이 나직이 탄성을 터뜨린 후 천천히 고개를 끄덕여 보였다.
　"알겠소."

"의뢰를 받아들이는 거냐?"

"물론이오. 그리고 선금으로 우선 절반을 받도록 하겠소."

"설마 그 황금을 가지고 튀려는 건 아닐 테지?"

"내가 어떻게 감히 진 소저에게서 달아날 수 있겠소? 진 소저의 경공은 무림에서도 최소한 삼십 명 안에는 들 것 같은데 말이오."

"흥! 알면 다행이고."

진영언은 나직이 냉소를 터뜨리면서도 내심 운검을 다시 봤다. 자신의 경공을 평가하는 부분에서 사뭇 냉정한 잣대를 들이대고 있음을 알 수 있었기 때문이다.

'게다가 이 녀석에겐 특이한 능력이 있다. 만약 금갑불괴 강패와 싸울 때 이 녀석의 깨우침이 없었다면 승패를 장담하기 힘들었을 거야.'

금갑불괴 강패와의 싸움.

그것은 강남 녹림의 총표파자에 오른 후 진영언이 맞이한 가장 어려운 싸움이었다.

강패의 외공은 거의 초절정에 도달한 터라 그녀의 광풍백연타 가지곤 전혀 타격을 입힐 수 없었다. 만약 조문을 빨리 발견하지 못했다면 결국 불영신법을 이용해 도주하는 수밖엔 도리가 없었을 거다.

그런 진영언의 내심은 고스란히 운검에게 전해졌다. 슬며시 걱정이 되지 않을 수 없다.

'진 소저는 나를 무슨 대단한 능력자 정도로 생각하고 있군. 하긴 그러니 황금 삼십 냥을 아무렇지도 않게 내거는 거겠지. 하지만 내 사람의 내심을 읽는 능력은 제멋대로라서 제대로 제어가 되지 않는 것인데, 이걸 말해야 하는 건가?'

운검은 잠시 고민하다 입을 다물기로 했다. 진영언에게 자신의 심장에 자리 잡은 마정과 제멋대로 사람의 내심을 읽어대는 천사심공에 대해서 설명하기가 귀찮았다.

게다가 또 한 가지!

그는 오늘 유옥을 만난 후 돈의 필요성을 절감했다. 그녀가 시장통에서 고생고생하며 살고 있는 모습을 보고 어떻게든 돈을 벌어야겠다는 생각을 하게 되었다.

'뭐, 어떻게든 되겠지.'

평소의 신중한 성격답지 않게 대범한 마음을 먹은 운검이 결국 다시 진영언을 채근하여 황금 열다섯 냥을 받아내곤 자리에서 일어섰다.

"그럼 진 소저, 밤이 깊었으니 나는 이만 제자들에게 가보도록 하겠소."

"왜? 나랑 오래 함께 있다가 제자들한테 오해라도 받을까 봐 겁이 나는 거냐?"

"그렇소."

"뭐얏!"

운검이 발작하려는 진영언을 돌아봤다. 그리고 다시 한마디를 던졌다.

"진 소저는 미인이오. 필시 멋진 사내대장부를 찾을 수 있을 것이오."

"무슨 뜻이냐?"

"별 뜻 없소이다."

"있는 것 같은데! 있잖아!"

"……."

진영언의 목소리가 갈수록 높아지자 얼른 그녀를 뒤로하고 방을 빠져나왔다. 더 이상 말을 섞었다가는 밤새도록 붙잡혀 있을 수도 있었기 때문이다.

'그럴 순 없지. 나와 내 제자들 간의 즐거운 밤이 또다시 찾아왔는데…….'

운검이 제자들과 함께 묵고 있는 방을 향해 걸어가며 슬쩍 이를 드러내며 웃었다. 먹이를 발견한 늑대처럼 흥분되고 즐거워 보이는 표정도 함께였다.

영호준은 언제나와 마찬가지로 방에 돌아오자마자 좌공에 들어갔다. 운검에게 매일 밤 한 구절씩 전수받아 온 육합구소공을 통해 내기를 소주천하고 있는 것이다.

'영호 사형은 역시 기재다. 사부님한테 육합구소공을 전수받은 게 얼마 되지도 않았는데, 벌써 소주천을 저리 원활하게 하고 있으니…….'

단장검을 품에 안은 채 침상 아래에 주저앉아 있던 북궁휘가 영호준의 비약적으로 빠른 내공 진도에 내심 감탄을 터뜨렸다.

내공 수련.

그에게 있어선 악몽이나 다름없었다. 북궁세가의 소천신공에 입문한 이래 단 한 번도 쉽사리 단계를 밟아 올라가 본 적이 없었기 때문이다.

그때 방문이 조용히 열리고 운검이 들어섰다.

까닥!

그는 좌공에 들어가 있는 운검의 상태를 한차례 눈으로 살핀 후 북궁휘에게 곧바로 신호를 보냈다. 언제나와 마찬가지로 좌공에 몰두해 있는 영호준을 놔둔 채 밖으로 나가잔 뜻이다.

슥!

북궁휘가 수중에 단장검을 든 채 신형을 일으켜 세웠다. 어느새 신형을 돌린 운검을 바라보는 눈빛이 묘하게 뜨겁다.

운검과 북궁휘는 대홍반점을 빠져나와 인적이 드문 뒷마당으로 향했다.

애초에 운검이 대홍반점을 처소로 삼은 건 이 뒷마당에 기인한다. 저녁이 되면 인적이 드물어질뿐더러 소리 자체가 밖으로 흘러나가지 않는 구조가 연공을 하기에 도움이 되겠다는 판단이었다.

촤악!

뒷마당에 이르자마자 발끝으로 바닥을 한차례 차낸 운검이 뒤따르던 북궁휘에게 질문했다.

"그래, 이젠 슬슬 북궁세가의 창파도법을 버릴 작정이 섰느냐?"

"그 같은 마음은 이미 오래전에 먹었습니다. 사부님께 구배지례를 올린 건 바로 그 때문이었습니다."

"그래도 어렵지?"

"예?"

"평생에 걸쳐 익혀왔던 게야. 완성만 할 수 있다면 목숨조차 아깝지 않았겠지. 그런 걸 일조일석(一朝一夕) 만에 포기한다는 건 무척 어려운 일이거든."

"……"

북궁휘가 입을 다물었다. 운검이 한 말이야말로 그가 항상 함께하던 사 척 대도를 버린 후 가장 힘들게 느꼈던 부분이었기 때문이다.

운검이 그런 그에게 씩 웃어 보였다.

"하지만 휘, 너는 천재다! 능히 그런 어려움을 이겨내고 자신만의 검학을 완성할 수 있을 거다!"

"사부님……"

"그래서 오늘부터는 수련 방법을 달리해야겠다."

말을 마친 운검이 품에서 줄 하나를 꺼내 북궁휘에게 던져 줬다.

"사부님, 이건?"

"앞으로 항상 손목과 목에 묶어둬라. 네가 창파도법을 사용하는 동안 몸에 익은 동작의 폭을 줄이려면 이 방법밖엔 없다는 결론이 내려졌다."

'창파도법을 연마하는 동안 몸에 배인 커다란 동작을 이따위 줄로 고친다고?'

북궁휘는 잠시 운검의 명을 이해하기 어려웠다. 이런 식의 수련 방법은 들어본 적도 없다. 창파도법의 연마에 한계를 느끼고 폐관수련 동안 관심을 가지게 된 천하 각문각파의 검법들 중에서도 마찬가지다.

하지만 북궁휘는 군소리없이 운검의 명대로 줄을 손목과 목에 묶었다.

사부 운검의 명은 절대적이다. 반항이란 있을 수 없었다.

'불편하다······.'

북궁휘는 단장검을 이리저리 휘둘러 보다 눈살을 가볍게 찌푸려 보였다.

생각했던 것보다 줄이 짧아설까?

평상시 아무렇지도 않게 펼칠 수 있던 동작조차 버겁게 느껴졌다. 고작해야 줄 하나에 단장검에 대한 제어 능력을 잃어 버린 것이다.

운검이 북궁휘의 곤란해하는 모습에 다시 입가에 미소를 짓곤 경고하듯 말했다.

"앞으로 내 명이 있을 때까지 무슨 일이 있어도 줄을 풀어선 안 되고 끊어 먹어서도 안 된다!"

"명심하겠습니다!"

"또 여태까지 해온 수련도 빼먹어선 안 돼!"

"두 배 더 노력하도록 하겠습니다!"

"그래야 착한 제자지."

만족스런 표정으로 고개를 한차례 끄덕여 보인 운검이 표정을 일신하고 목소리를 높였다.

"검을 익힌다는 건 언제든 싸움을 할 상태를 유지한다는 것이다. 당연히 평상시 가장 빠르고 완벽하게 자신의 검을 펼쳐 낼 준비를 하고 있어야만 한다."

"가르침을 주십시오!"

"오늘은 발검 시와 회검 시의 자세에 대해 설명하겠다. 숙지하도록!"

"예!"

"발검과 회검 시 몸의 자세는 얼굴을 숙이지 않고 쳐들지도 않으며 찡그리지도 않고 눈을 움직이지 않아야 한다. 눈은 얼굴에 주름을 지게 하지 않고 눈썹 사이에 주름을 지게 하여 눈알을 움직이지 말고 눈을 깜빡이지 않는 기분으로 평상시보다 약간 가느다랗게 한다. 온화한 얼굴로 콧마루를 곧게 하고, 목은 약간 턱을 내미는 듯하는 기분을 가진다. 목은 뒷덜미를 곧게 하고 목뒤에 힘을 넣어 어깨에서 전신에 평균적으로 힘이 걸리게 한다. 양어깨를 내려 등줄기를 곧게 하여 엉덩이를 내밀지 말고, 무릎에서 발끝까지 힘을 넣어 허리가 구부러지지 않게 배를 편다."

"이유가 궁금합니다!"

"첫째로 긴장을 풀기 위함이다. 긴장은 검을 느리게 하고 정확도를 떨어뜨린다. 두 번째로 요대를 바로 하여 검갑에 배를 기대어서 띠가 느슨해지지 않게 하라는 가르침이다. 발검과 회검은 검법에 있어서 시작이자 끝이라 할 수 있다. 당연히 평상시와 다른 작고 미세한 차이만으로도 생사존망(生死存亡)의 위기에 봉착할 수 있다."

"제자, 명심하겠습니다!"

"좋아. 지금부터 내 가르침대로 발검과 회검을 연습하도록 해봐."

"예!"

북궁휘가 대답과 함께 눈을 지그시 감았다.

천재답게 운검이 방금 전에 했던 설명의 구절 하나하나가 머릿속에 화인이라도 된 것처럼 떠오른다. 그만큼 집중을 하고 있었다는 뜻이기도 하다.

"후우!"

입 밖으로 파아란 입김이 흘러나온다. 그리고 마치 운검이 앞서 말했던 묘사를 그대로 따라가는 것 같은 움직임.

스팟!

북궁휘의 단장검이 어둠 속을 갈랐다.

여전히 소름 끼칠 정도로 빠르고 날카로운 쾌속검이다.

운검이 미미하게 고개를 끄덕였다.

'역시 대단하군. 고작해야 검의(劍意)에 대해 얘기했을 뿐인데 그걸 곧바로 따라 하고 있으니. 하지만 그래 봐야 의(意)가 아니라 형(形)만 가까스로 흉내 냈을 뿐. 아직도 속은 창파도법 그대로다.'

창파도법!

극한까지 완성할 수만 있다면 화산파의 자하구벽검과 비교해도 손색이 없을 정도의 절학이다. 북궁세가를 사패 중 일좌에 올려놓았으니, 그 위력이나 심오함에 대해선 굳이 따로 재론할 필요가 없다.

그래서 운검은 제자가 된 북궁휘에게 화산의 내공심법이나 검법을 가르치진 않았다. 대제자 영호준과 달리 북궁휘 자체가 이미 나름대로 완성된 무위를 지니고 있다는 판단이었다.

그렇다면 무엇을 가르쳐야 할까?

운검은 자하구벽검과 자하신공을 잃어버린 지난 오 년간 무수한 실패와 좌절 끝에 재정비한 화산파의 무학 중 '검의' 부분만을 집중적으로 가르치기로 결정했다.

그것만으로도 이미 불완전하긴 하나 내외겸전 상태인 북궁휘의 무위를 충분할 정도로 끌어올릴 수 있다는 믿음의 소산이었다.

사실 그 외에 특별히 가르칠 만한 것도 없었다. 천재답게 북궁휘의 무학에 대한 깨달음이나 이해는 범인의 상상을 가볍게 벗어나는 부분이 있었기 때문이다.

운검은 연달아 발검과 회검을 반복하는 북궁휘를 살피며 상념에 잠겨 있다 버럭 호통을 터뜨렸다.

"언제라도 긴장을 충분할 정도로 이완시키는 것이 첫 번째 이유라고 했다! 손과 목을 옥죄인 밧줄에 지나치게 신경을 써서 검초(劍招)와 검속(劍速)이 무뎌지고 있잖느냐!"

"제자, 유의하겠습니다!"

"호흡 역시 주의하고! 창파도법을 펼칠 때처럼 소천신공으로 진기도인을 할 필요가 없다! 그냥 검초와 검속에만 신경을 쓰면서 발검해라!"

"예!"

북궁휘의 이번 대답은 여전히 힘이 넘쳤지만 간명했다. 운검에 대한 예의를 차리는 것보다 자신의 검에만 정신을 집중하기 시작했음에 분명하다.

'문일지십(聞一知十)이라 했던가? 정말 빠르군, 빨라. 이런 천재를 어째서 북궁세가에서는 누구도 알아보지 못했지? 북궁한경. 이 정도 안목이라면 사패주들 중 가장 떨어지는 인물

황금만능(黃金萬能) 183

일지도 모르겠군.'

운검은 내심 고개를 흔들고 천천히 자리를 떴다. 이미 북궁휘가 자신의 검에 집중하기 시작했으니, 이젠 슬슬 영호준 차례였다.

소주천을 끝마칠 시간이 된 영호준을 찾아가 육합구소공의 마지막 구결을 해석해 주고, 태극매화권에 권경(拳勁)을 실을 수 있게끔 살펴줘야만 했다. 날이 밝으면 한동안 제자들과 헤어져야만 하기에 마음이 살짝 급해지고 있었다.

*   *   *

다음날.

평소보다 조금 늦잠을 잔 유옥은 서둘러 시장을 본 후 그때까지도 잠에서 깨지 않고 있던 소금주를 깨웠다.

손님인 그녀에게 따뜻한 밥을 먹인 후 운검에 대해서 물어볼 요량이었다. 밤새 수십 차례 고심한 결과 전낭을 돌려주는 게 옳다는 결심을 굳힌 까닭이다. 물론 그 외에 다른 이유가 없진 않다.

'그분… 분명히 한때 도사라고 하셨어……'

도사!

몇 년 전 세상에 존재하는 모든 걸 잃어버린 유옥에겐 단 하나 남은 삶의 이유라 할 수 있었다. 아니, 어쩌면 그냥 무작정 의지하고픈 심정일지도 모르겠다.

 어쨌든 그녀는 운검을 다시 만나야만 했다. 무공을 연마한 무림인답지 않게 심한 잠투정을 하던 소금주를 몇 번에 걸쳐 깨운 건 바로 그 때문이었다.

 "우우웅!"

 소금주는 유옥의 끊임없는 노력에 결국 두 눈을 비비며 잠에서 깨어났다.

 퉁퉁 부어오른 얼굴.

 여전히 눈도 잘 못 뜨고 있는 모습이 귀엽다.

 유옥이 미안한 표정으로 말했다.

 "금주 동생, 정말 미안해. 더 자게 놔두고 싶지만, 오늘 내가 좀 바빠서……."

 "흠! 흠흠! 어디서 맛나는 냄새가 나네?"

 "어. 만두하고 교자를 좀 만들었어. 국물도 곧 끓여서 내올 테니 조금만 기다려."

 "야호!"

 두 팔을 번쩍 들고 환호성을 울린 소금주가 갑자기 자리를 박차고 후다닥 일어서더니 유옥에게 말했다.

 "유옥 언니, 나 먼저 세수부터 하고 싶은데에……."

 "집을 나가서 뒤쪽으로 가면 우물이 있어. 새벽이라 물이 좀 차갑기는 하지만 인근의 설산에서 흘러내린 물이 고인 거라서 굉장히 깨끗해."

"우훗! 어쩐지 유옥 언니 피부가 뽀샤시한 게 엄청 곱더니, 그런 비밀이 있었구나!"

"어머, 그렇지 않아……."

유옥이 소금주의 칭찬에 얼굴을 두 손으로 살짝 감쌌다. 순진한 처녀인 그녀에게 소금주처럼 대놓고 칭찬을 하는 사람은 거의 없었다. 부끄러움을 느낄 수밖에 없다.

그러거나 말거나 소금주는 침구도 정리하지 않고 곧바로 집 밖으로 나가 우물가로 달려갔다. 설산에서 발원했다는 우물물에 정신이 팔린 것이다.

잠시 후.

세수 정도가 아니라 아예 목욕을 한 듯 물에 푹 젖은 소금주가 집 안으로 돌아왔다. 새벽 공기와 더불어 물 역시 얼음처럼 찰 텐데도 그녀는 태연자약했다. 전혀 추위를 느끼지 않는 것 같았다.

'역시 무림인이로구나. 나 같으면 당장 감기에 걸려서 앓아누웠을 것을.'

소금주를 새삼스레 바라본 유옥이 얼른 그녀에게 수건을 건네주곤 밥상을 내왔다.

김이 모락모락 피어오르는 소반 위의 음식들.

소금주는 다시 환호성을 울리곤 유옥과 함께 정신없이 식사를 했다. 두 사람 모두 간밤에 쫄쫄 굶고 잤기에 평소보다 더욱 맛있는 식사를 할 수 있었다.

얼추 식사가 끝났을 무렵이다.

평소보다 두 배나 되는 양을 먹어 숨 쉬기 곤란한 표정을 짓고 있는 소금주에게 유옥이 넌지시 물었다.

"금주 동생, 어제 만났던 그분… 과 잘 아는 사이지?"

"그분?"

"그… 예전에 도사였다고 하셨던 분 말야."

"아! 그 사람! 왜요?"

소금주의 의뭉스런 반응에 유옥이 잠시 머뭇거리다 용기를 내어 말했다.

"사실은 그분을 다시 만나고 싶어."

"반한 거예요?"

"뭐?"

"유옥 언니가 그 사람한테 반한 거냐고요! 그럼 안 돼요! 그 사람은 이미 나 소금주가 찜했으니까요."

"그, 그런 거 아냐……."

"그런데 얼굴은 왜 붉혀요?"

"……."

소금주가 집요한 표정으로 질문을 던지자 유옥의 얼굴이 더욱 붉어졌다. 너무 당황해서 일시 말도 잇지 못한다.

'치잇, 이러면 재미없잖아.'

내심 입을 삐죽거린 소금주가 안색을 풀어버렸다. 너무 착하디착하고 순진한 유옥의 모습에 골려먹고 싶은 생각 자체가 사라졌기 때문이다.
"그 사람은 지금 대흥반점에 묵고 있어요. 유옥 언니가 만나고 싶다면 내가 약속을 잡아줄게요. 하룻밤 신세도 졌고 맛있는 밥도 얻어먹었으니까요."
"그, 그래 주겠어?"
"예. 대신 저한테 한 가지만 약속해 주세요."
"뭐, 뭘?"
"절대로 그 사람은 내가 찜했으니까 유혹하면 안 돼요! 혹시 그쪽에서 유혹해도 넘어가면 안 되고요!"
"그런……."
유옥이 결국 자신의 얼굴을 두 손으로 감싸 버리고 말았다. 당장이라도 불이 붙을 것같이 변한 얼굴을 소금주에게 보이기 싫어서였다.
'쳇! 진짜로 친오누이 사이 맞는 거지? 만약 그렇지 않다면 곤란해! 이런 순수 계통의 미인이야말로 사내들이 가장 홀딱 넘어가기 쉽단 말야!'
소금주가 양 볼을 부풀려 보이며 내심 중얼거렸다. 희한하게도 강북 하오문의 지낭이라 불리는 그녀가 눈앞의 유옥에게 하루 사이에 강한 경계심을 품게 된 것이다. 이렇게 착하고 순진한 여인을 본 적이 없는 까닭이다.

　　　　*　　　*　　　*

　운검은 새벽이 되기 전에 진영언과 함께 대홍반점을 벗어났다.
　밤샘 수련 직후.
　그것도 자신의 수련이 아니라 제자들의 부족한 점을 한꺼번에 몰아서 가르쳤다. 내공의 도움조차 받지 못하는 처지로 피곤하지 않다면 그건 거짓말일 터였다.
　"하암!"
　관도를 따라 걸으며 연신 하품을 입에 달고 있는 운검을 향해 진영언이 눈살을 찌푸려 보였다.
　"정말 무인답지 못하군. 밤새 뭘 했기에 아침부터 그리 피곤해하는 거냐?"
　"후암! 제자들을 가르치느라 잠을 한숨도 못 자서 그러니 이해해 주시오."
　"밤새도록 제자들을 가르쳤단 거야?"
　"그렇소."
　"평소에도 그랬나?"
　"뭐, 그렇지. 본래 문파의 비전은 밤에 몰래 가르치는 게 강호의 법도 아니오?"
　"그렇다고 날밤을 새진 않잖아?"
　"나도 평소엔 날밤까지 새진 않소. 다만……."

"다만?"

"이번엔 날이 밝자마자 진 소저가 나와 함께 수해촌을 떠나자고 할 줄 알았을 뿐이오. 그래서 평소보다 좀 빡세게 제자들을 굴릴 수밖에 없었던 거요."

진영언이 운검을 만난 후 그에게 속마음을 들킨 게 한두 번이 아니다. 항상 예상치도 못하게 허를 찔리곤 했던 터라 이번 역시 그리 크게 놀라진 않았다.

수습 역시 다른 때보단 빨랐다.

입가에 가벼운 한숨 하나를 매단 진영언이 운검에게 말했다.

"그래서 간밤에 바로 선금을 요구했군? 설마하니 제자들한테 그 거금을 다 준 거냐?"

"물론이오."

"제자들에 대한 믿음이 대단하군."

"사부가 제자를 믿지 못하면 세상에서 누굴 또 믿을 수 있겠소?"

'흥! 황금충(黃金蟲)인 줄만 알았더니, 그래도 제자들 생각은 끔찍하군.'

진영언이 내심 냉소를 했을 뿐 침묵했다. 제자들에 대해 말할 때의 운검의 표정과 눈빛이 평상시와 달리 매우 진지했기 때문이다.

'북궁휘와 영호준. 두 놈은 세상에서 다신 찾기 힘들 정도

로 고지식한 녀석들이지. 내 동생과 황금을 맡기기엔 그보다 더한 적임자들을 찾을래야 찾을 수 없지, 암.'

운검의 본심이었다.

그는 새벽까지 수련을 계속한 북궁휘에게 '검의'의 다음 구절을 전하며 함께 넘겨준 황금을 떠올리며 입가에 흐뭇한 미소를 매달았다.

황금 삼십 냥!

웬만큼 낭비를 심하게만 하지 않으면 적당한 크기의 장원도 하나 살 수 있고 평생 먹고살 만한 돈이다. 한차례 청부를 받아들이는 대가로는 결코 나쁘지 않은 조건이었다.

'그런데 이 여자, 도대체 나한테 뭘 시키려고 그렇게 많은 돈을 뿌린 거지?'

갑자기 뇌리를 스치고 지나간 의혹에 눈살을 살짝 찌푸려 보인 운검이 넌지시 질문했다.

"진 소저, 이제 슬슬 청부의 내용을 말해줄 때가 된 것 같지 않소?"

"내가 말해주지 않았던가?"

"전혀!"

운검이 슬쩍 목소리 끝을 올리자 진영언이 입가에 스산한 미소를 만들어냈다.

"역시 그렇군."

"뭐가 그렇다는 거요?"

"역시, 당신은 내가 머릿속에 떠올리지 않는 건 알아내지 못한다는 걸 알았다는 뜻이야!"

'쳇, 역시 천사심공의 공능에 대해 눈치를 채고 있었군. 그래서 이런 고수하고는 계속 동행을 하는 게 아닌데……'

운검은 내심 혀를 챘다. 진영언이 결국 자신의 비밀 중 하나를 대충이나마 알아낸 것이 기분 나빴다. 앞으로 그녀를 빨아먹기가 쉽지 않으리란 위기감 때문이다.

진영언이 그 같은 운검의 심중을 알 리 없다.

그녀는 살짝 눈매를 가늘게 만든 채 운검을 바라보다가 천천히 말했다.

"우리의 목적지는 풍암산이야."

"풍암산이라면… 강북 녹림십팔채 중 풍암산채가 있는 그 풍암산을 말하는 거요?"

"잘 아네!"

"풍암산은 비록 감숙성에 위치해 있긴 하나 섬서성의 경계에 위치한 천수(天水)에 있소이다. 어찌 섬서성에서 평생을 보낸 내가 모를 수 있겠소?"

"그건 또 그것대로 잘됐군. 이제부터 당신이 안내를 하면 될 테니까."

"단섬도 안원은 죽인 것이오?"

"풍암산채에 관해서 알아낼 수 있는 건 모조리 알아낸 후 살려 보냈다. 나는 함부로 사람을 죽이진 않거든."

"그거 위험한 거 아니오?"

"단전을 폐하고 뇌호혈에 타격을 가해서 기억을 소실하게 만들었으니 상관없다. 만약 강북 녹림십팔채나 북궁세가에서 그놈을 잡아들이더라도 무엇 하나 알아낼 수 있는 건 없을 거야."

"독하군."

"흥, 독하지 않으면 장부(丈夫)가 아니라고 했다!"

"장부라……."

"무슨 얘기가 더 하고 싶은 거야?"

"뭐, 별로."

운검이 어깨를 한차례 추어 보이곤 감숙성 쪽으로 뻗은 관도를 향해 터벅거리며 걸어갔다.

진영언에겐 놀란 빛을 보였으나 목적지가 풍암산이라면 그리 예상 밖의 곳은 아니다.

내외극강!

그동안 지켜봐 온 진영언의 성격이었다. 결코 남한테 당하고는 못 견디는 성미인 것이다. 그 같은 점을 감안할 때 이번 목적지는 충분히 예상 가능한 곳이었다.

'호호, 소금주, 이 작은 여우 같은 계집애! 설마 이렇게 빨리 내가 저 자식을 빼돌릴 줄은 몰랐을 거다!'

문득 운검의 뒤를 말없이 따르던 진영언이 입가에 묘한 미소를 매달았다. 지금쯤 대홍반점에서 운검이 사라진 걸 알고 길길이 날뛰고 있을 소금주의 모습이 눈에 훤히 보이는 듯했기 때문이다.

*　　　*　　　*

"아악! 분해!"

소금주는 유옥과 함께 대홍반점에 도착한 후 운검이 진영언과 함께 새벽같이 길을 떠났다는 말을 듣고 마구 소리를 질러댔다. 진영언이 예상했던 그대로다.

그녀의 앞에는 영호준과 북궁휘가 곤란한 표정을 한 채 서 있었다. 설마하니 애교 넘치는 미소녀인 소금주가 이리 난리를 부릴 줄은 예상조차 하지 못했다.

영호준이 안색을 붉힌 채 북궁휘에게 계속 눈짓을 해 보였다. 당장이라도 숨이 넘어갈 것처럼 화를 내고 있는 소금주를 어떻게든 말려보라는 뜻이다.

북궁휘라고 별 재간이 있을 리 없다. 그 역시 북궁세가에서 오랫동안 무공 수련에만 몰입한 탓에 제대로 된 연애 한번 해 본 적이 없었기 때문이다.

그때 소금주의 뒤에 서서 안절부절못하고 있던 유옥이 용기를 내어 나섰다.

"금주 동생, 그만 화 풀어. 이미 끝난 일인데 계속 마음을 쓰면 얼굴이 상해요."

"얼굴이 상한다고요?"

"그래."

유옥이 고개를 끄덕이며 다정하게 웃어 보이자 소금주가 거짓말처럼 날뛰기를 멈췄다.

고작해야 단 하룻밤을 같이 보냈을 뿐이다.

그런데 이상하게도 유옥의 이 웃는 낯에는 항거하기가 쉽지 않다. 타이르는 듯한 말 역시 마찬가지다. 미소와 마찬가지로 진심이 담겨 있기 때문일 것이다.

'아아, 큰일이다! 큰일이야! 나 이 언니, 진짜로 좋아하게 되어버렸어!'

소금주는 내심 푸념을 터뜨리곤 고개를 절레절레 흔들었다. 여전히 저항하기 힘든 미소를 얼굴 가득 매달고 있는 유옥의 모습에 맥이 쪼옥 빠지는 기분이었다.

"유옥 언니, 난 아직 조금 화를 낸다고 얼굴이 상할 나이는 아니에요."

"그렇긴 하겠다. 하지만 그래도 방금 전처럼 크게 화를 내면 나중에 나이가 들어서 후회를 하게 될 거야."

"그렇기야 하겠죠."

결국 고개를 끄덕이며 수긍의 모습을 보이는 소금주의 머리를 유옥이 손을 내밀어 몇 차례 쓰다듬어 줬다. 성격이 죽 끓듯 바뀌면서도 자신의 말은 잘 듣는 그녀가 무척 귀엽게 느껴졌기 때문이다.

'저 여인은…….'

북궁휘는 유옥을 보고 내심 눈에 이채를 발했다. 운검이 새벽에 진영언과 함께 길을 떠나기 전에 부탁한 두 사람 중 한 명이 제 발로 찾아왔음을 깨달은 것이다.

스으.

한 걸음을 떼어 곧바로 유옥 앞에 이른 북궁휘가 정중하게 포권을 해 보이며 말했다.

"소생은 북궁휘로 운검 사부님의 이제자가 됩니다. 혹시 유옥 소저가 아니신지요?"

"소, 소저라니……."

소금주에게만 정신이 팔려 있던 유옥이 북궁휘를 보고 잠시 넋을 잃었다. 평생 처음 보는 미남자와의 조우에 정신이 크게 흐트러지고 만 까닭이다.

'흐흥, 북궁세가에서 버림받은 삼공자라고 했던가? 역시 소문대로 대단한 미남이네. 내 취향은 아니지만.'

소금주가 북궁휘를 힐끔 쳐다보곤 입가에 미묘한 미소를 매달았다. 언제 자신의 감정도 주체하지 못하는 작은 계집아이였냐는 듯 그녀의 머리는 지금 강북 하오문의 지낭답게 팽팽 돌고 있었다.

북궁휘의 신세 내력!

어쩌면 신비인이자 요주 인물인 운검보다 강북 하오문의 입장에선 더욱 큰 가치를 가질 수도 있었다. 물론 소금주는 운검에 대한 지극히 개인적인 관심에 현재로선 더 큰 집착을 보이고 있긴 했지만 말이다.

그렇게 소금주가 상념에 잠겨 있는 사이 유옥과 북궁휘, 영호준은 즐겁게 대화를 나누기 시작했다. 모두 운검이 안배한 대로였다. 한 치의 어긋남도 없었다.

第十七章
무적지의(無敵之意)
호수 깊숙한 곳의 돌은 결코 물 위로 떠오르지 않는다

華山
劍宗

 옥천궁을 나선 비선검 운유 도장과 매화칠검수는 한 달에 걸쳐 화음현 일대를 모조리 헤집고 돌아다녔다.
 도사 차림의 젊은이를 찾기 위해 백방으로 노력을 다했다. 설마하니 평생 도사로 살아온 운검이 화산을 나서자마자 도사복부터 벗어버렸으리라곤 예상치 못한 까닭이다.
 당연히 운검의 행방은 묘연했다. 고생만 잔뜩 했을 뿐 흔적조차 찾을 방도가 없었다.
 크게 낙담하여 바위 위에 가부좌를 틀고 앉은 운유 도장에게 매화칠검수의 수장인 화산호검 곽철원이 다가와 넌지시 고했다.

"운유 사숙님, 아무래도 이런 식으론 운검 사숙님을 찾기란 요원한 일인 듯 싶습니다."

"나도 안다. 과거와 달리 본 파의 세력이 섬서성에서 크게 줄어들었다는 건 알았지만, 이렇게까지 주변 무림동도들에게 박대를 받을 줄은 내 몰랐구나!"

"아무래도 서안의 북궁세가의 눈치를 보느라 그런 것일 테지요."

"흥! 세속에 찌든 자들 같으니!"

운유 도장의 냉소 속엔 짙은 자괴감이 매달려 있었다. 사질인 곽철원이 한 말이 결코 틀리지 않다는 걸 알고 있었기 때문이다.

곽철원이 목소리를 더욱 낮췄다.

"그래서 말인데… 운유 사숙님, 이대로 옥천궁으로 돌아가느니, 차라리 호남성의 장사로 가실 의향이 없으십니까?"

"장사?"

"예, 그곳은 소질의 본가가 있으니, 아버님께 부탁하면 어찌 도움을 받을 수 있을 거라 사료됩니다."

호남성 장사.

사패 중 남패 무적곽가가 있는 곳이다.

곽철원은 현 무적곽가의 가주이자 남방검제(南方劍帝) 곽무령의 서자였는데, 이 사실은 화산파에서도 아는 자가 극히 드물었다. 곽철원과 남방검제 곽무령의 체면을 고려하지 않을 수 없었기 때문이다.

운유 도장은 화산파에서 곽철원의 신세 내력을 알고 있는 몇 안 되는 인물 중 하나였다. 그가 자신의 앞에 공손한 자세로 부복해 있는 곽철원을 지그시 바라봤다.

"장사는 이곳에서 굉장히 먼 곳이다. 천 리 이상은 떨어져 있어. 비록 곽가의 위세가 놀랍다지만, 섬서성까지 힘을 발휘하기란 쉽지 않을 것이다."

"운유 사숙님의 말씀이 옳습니다. 아버님이라 해도 섬서성까지 영향력을 발휘하진 못하실 겁니다. 북궁세가주가 그걸 용납하지 않을 테니까요."

"그걸 알면서도 굳이 장사로 가자 함은 연유가 있는 것일 테지?"

"물론입니다!"

강하고 확신이 넘치는 대답을 한 곽철원이 지난 한 달여 동안 운유 도장과 다른 사형제들 몰래 행한 일들을 떠올렸다.

그는 가는 곳마다 운검의 자취를 지워갔다.

먼저 운검이 옷을 바꿔 입은 농사꾼에게서 도사복을 빼앗아 불태우고 입을 함구토록 했고, 재빨리 인근 동네로 달려갔다. 혹시라도 운검이 행적의 단서가 될 만한 사항을 남겼으면 철저히 지워 버릴 작정이었다.

덕분에 그는 운검의 암향십삼탄에 얻어맞고 뺑을 뜯긴 흑랑파를 쉽사리 찾아냈다. 그들은 운검에게 그렇게 당하고도 여전히 그 마을 주변을 전전하며 평상시 하던 짓을 지속하고 있었던 것이다.

흑랑파가 그날 깨끗이 지워진 건 물론이었다.

곽철원은 강호의 의(義)를 세운다는 말을 내세워 흑랑파의 우두머리를 목 베고 그 밑에 있던 자들의 근골을 부숴 버렸다. 운검과 대면했던 자들의 혀를 자르고 단지를 하는 것도 잊지 않았다.

이 부분에서 곽철원은 잠시 고민하긴 했다. 아예 흑랑파 전원을 몰살시켜 버리는 것을. 그 방법 이상 깨끗하게 운검의 행적을 지우는 건 없다는 걸 알고 있었기 때문이다.

하지만 그는 화산파의 제자였다.

도사복을 입고 있었다.

흑랑파를 너무 잔혹하게 단죄할 시 소문이 밖으로 샐 가능성이 높았다. 그리고 그리되면 운유 도장과 다른 사형제들의 이목 또한 끌게 될 터이니, 적당한 선에서 타협을 볼 수밖에 없었다. 그리 생각했다.

결과적으로 곽철원의 그 같은 노력은 확실한 결과를 맺었다. 한 달이 지나 운유 도장과 다른 매화칠검수들은 운검의 행적을 완벽하게 놓쳐 버렸다.

그 와중에 운유 도장을 낙담케 한 건 섬서성 일대 무인들의 쌀쌀맞은 반응이었다.

화산파가 구대문파 중 세 손가락 안에 드는 성세를 누릴 때는 자신의 간이라도 빼줄 듯 곰살맞게 굴던 자들이다. 어떤 일이든 그저 요청만 하면 제 일처럼 나서서 행해주곤 했었다. 그게 당연시되었었다.

그런데 그랬던 자들이 지금은 단순한 운유 도장의 지원 요청조차 예의 바른 표정과 말투를 한 채 외면하고 있었다. 격세지감(隔世之感)이라 함은 바로 이럴 때 쓰는 말일 터였다.

'덕분에 일이 쉬워졌다. 운유 사숙은 매사 꼼꼼하고 성격이 고지식해서 쉽사리 남에게 속아 넘어가는 사람이 아니다. 지난 한 달간 기회를 보아온 건 그 같은 운유 사숙의 성품을 알고 있었기 때문이야. 하지만 이젠 슬슬 운유 사숙도 운검 사숙의 추격에 대해 절반 이상 포기한 것 같으니, 지금이야말로 본 가로 돌아갈 기회라고 할 수 있을 것이다!'

회상과 함께 내심 눈을 빛낸 곽철원이 운유 도장에게 말을 이었다.

"전날 태화동천에서 운검 사숙님과 마지막으로 만났을 때였습니다. 그분께서 강남의 동정호(洞庭湖)에 가보고 싶다는 말을 언뜻 하셨던 것 같습니다."

"강남의 동정호? 호남성에 있는 그 동정호를 말하는 것이더냐?"

"그렇다고 사료됩니다."

곽철원의 대답이 떨어지자마자 운유 도장이 수장을 뒤집어 좌정하고 있던 바위에 강하게 내리꽂았다.

파곽!

자하신공이 가미된 죽엽수에 바위에는 금세 한 치 깊이의 장인(掌印)이 찍혔다.

'과연 운유 사숙! 한 치 깊이의 장인이라니! 죽엽수를 족히 구성 이상 완성하셨구나!'

곽철원 역시 죽엽수를 알고 있었다. 화산파를 대표하는 장공이기 때문이다.

그러나 그가 만들 수 있는 장인의 깊이는 고작해야 다섯 푼 정도였다. 거진 두 배나 되는 깊이의 장인을 보게 되었으니 내심 감탄을 하는 것도 무리는 아니다.

그때 잠시 눈을 반개하고 있던 운유 도장이 서늘한 안광이 깃든 시선을 곽철원에게 던졌다.

"옥천원을 나선 지 벌써 한 달이 지났다! 어찌 이제야 그 같은 사실을 말하는 것이더냐!"

"죄송합니다! 소질, 전날 운검 사숙에게 당한 패배에만 정신이 팔려서 근래에야 그 같은 사실을 떠올리게 되었습니다!"

"으음……."

운유 도장의 입에서 나직한 신음이 흘러나왔다.

도사라곤 하나 그 역시 무인이다.

사문 화산파의 제일기재로 어려서부터 촉망받아 온 곽철원이 자신보다 나이 어린 운검에게 연거푸 패배를 당했다는 점을 감안하지 않을 수 없다.

그 자신 역시 전날 까마득하게 나이 어린 사제에게 무공 추월을 당한 후 자괴감에 몸서리쳤던 아픈 기억을 간직하고 있는 까닭이다.

잠시간 침묵이 흘렀다.

결국 딱딱하게 굳었던 얼굴을 조금 푼 운유 도장이 천천히 고개를 끄덕여 보였다.

"그래, 한 달 동안 섬서성 일대를 이 잡듯 뒤졌는데도 운검 사제를 찾을 수 없었으니, 이미 성의 경계를 넘었다고 봐도 무리는 아니겠구나. 동정호라 했더냐?"

"예."

"자신은 있고?"

'됐다!'

곽철원은 내심의 환호성을 숨긴 채 얼굴에 살짝 처연한 기색을 담아 보였다.

"소질은 이미 세속을 떠난 몸입니다. 전날의 신세 내력 따위에 더 이상 마음이 흔들리진 않을 것입니다."

"알겠다."

다시 고개를 끄덕여 보인 운유 도장이 가부좌를 풀고 바위 위에서 뛰어내렸다. 이미 마음을 결정했음에 분명했다.

한 달 후.

섬서성을 떠난 운유 도장과 매화칠검수는 호남성의 성도 장사에 도착했다. 이곳까지의 길잡이를 본래 무적곽가의 태생인 곽철원이 맡았음은 물론이었다.

장사성의 성문을 통과하자마자 곧바로 운유 도장과 매화칠검수를 무적곽가로 인도한 곽철원의 얼굴에 만감이 서렸다.

전날.

고작해야 십 세의 나이로 그는 눈앞에 철옹성처럼 우뚝 서 있는 거대한 장원을 떠났다. 부친이자 영원한 애증의 대상인 남방검제 곽무령이 전대 화산파 장문인인 현명 진인에게 쓴 소개장 하나만을 가지고서였다.

'그날 나는 결심했었다! 다시 이곳으로 돌아올 때는 반드시 승리자로서일 거라고! 그런데 과연 지금의 나는 승리자로서 돌아온 것일까?'

또다시 고통처럼 가슴에 화인을 남긴 운검과의 비무가 떠오른다. 그에게 얻은 자하구벽검의 구결과 심득을 지난 한 달간 계속 되뇌고 또 되뇌었음에도 별다른 성취를 얻지 못한 것과는 별개의 고통이다.

흔들.

곽철원이 심마처럼 또다시 뇌리 속에 떠오른 상념을 한차례 고갯짓으로 지워 버렸다.

그때다. 지난 한 달간 곽철원에게 길잡이를 맡기곤 아무런 말이 없던 운유 도장이 신중한 표정으로 말했다.

"철원아, 이제부터 네 역할이 심히 중대하다 할 것이다. 우린 너만 믿고 이곳까지 왔음이야."

"예, 소질이 어찌 그 같은 사실을 모르겠습니까? 소질이 먼저 본 가로 달려가서 아버님께 고하도록 하겠습니다."

"그래 주겠느냐?"

"당연히 그래야지요. 운유 사숙님께서는 잠시만 사제들과 이곳에서 기다려 주십시오."

"알겠다."

운유 도장이 미미하게 고개를 끄덕여 보였다.

당금 천하.

사패의 세상이라 해도 과언이 아니다.

전날과는 확연히 달라진 화산파의 위상을 고려할 때 운유 도장으로서도 신경을 쓰지 않을 수 없었다. 이곳은 섬서성에서도 한참이나 떨어진 호남성이었고, 눈앞에 도도하게 서 있는 건 남패 무적곽가였기 때문이다.

잠시 후.

곽철원은 무적곽가의 가주전이라 할 수 있는 검존청(劍尊廳)에 들었다. 대문 앞을 지키던 무사들에게 협박과 회유를 동시에 한 결과 쉽사리 부친 곽무령과 독대할 수 있었다.

평상을 앞에 둔 부자지간.

물이 맑고 흔한 강남답게 차가 아니라 담백한 물이 담긴 그릇만에 놓여져 있는 평상을 묵묵히 바라보고 있던 곽무령이 먼저 입을 열었다.

"오악(五嶽) 중 최고는 화산이라고 항시 생각해 왔었다. 그래서 널 그곳으로 보냈던 것이고. 과연 내 예상대로 화산의 웅혼한 기운이 널 훌륭하게 벼려내었구나."

"칭찬에 감사드립니다."

"칭찬이 아니라 사실이다. 비록 기재나 근골을 훌륭하게 타고났다 해도 한 사람 몫을 제대로 할 수 있는 무인으로 성장하기란 그리 쉽지 않은 일이다. 그런 점에서 너는 이미 예기를 품 안에 가둘 수 있을 정도의 무위를 닦았으니, 나이로 볼 때 나쁘지 않은 성취라고 할 수 있다."

'아버님! 거의 이십오 년 만의 만남입니다! 그런데도 고작 그런 말밖엔 하지 못하시는 겁니까?'

곽철원의 눈이 가벼운 파랑을 일으켰다. 문득 완전히 극복했다고 생각했던 부친에 대한 원망이 불쑥 고개를 들었기 때문이다.

그러나 그래선 안 된다. 전혀 도움이 되지 않는다.

곽철원은 얼른 눈에 담겨 있던 파랑을 지우고 부친 곽무령에게 말했다.

"아버님, 전날 소자를 화산파에 보내시며 하신 말씀을 기억하십니까?"

"으음, 무슨 말을 했었지? 미안하지만 기억이 나지 않는구나."

"그때 소자는 본 가를 떠나기 싫어서 아버님께 떼를 썼습니다. 그러자 아버님께서 그런 소자에게 화산파의 전설적인 검법에 대해 들려주시지 않았습니까?"

"자하구벽검을 말하는 것이더냐?"

"그렇습니다."

대답과 함께 고개를 살짝 숙여 보이는 곽철원을 바라보는 곽무령의 눈살이 가볍게 찡그려졌다.

자하구벽검!

한때 검에 뜻을 둔 곽무령이 꼭 한 번 견식해 보고팠던 절대검법 중 하나다. 그래서 전날 전대 화산파 장문인인 현명 진인을 찾아가 비무를 청한 일도 있을 정도였다. 그와의 친교는 그때 이뤄졌다.

그러나 지금의 곽무령은 천하무림인들에게 공인받은 천하제일검인 남방검제였다. 전날의 호기심이 완전히 사라진 건 아니지만 크게 관심을 두고 있지도 않았다.

'태어날 때부터 철원이의 무공 재질은 그리 나쁘지 않았다. 화산파에서도 장문제자가 되었다고 들었으니, 자하구벽검의 검결을 전수받은 것도 무리는 아닐 것이다. 하지만 전날 현명 진인조차 얻지 못했던 자하구벽검의 심득을 이 녀석이 벌써 깨달았을 리도 없다.'

무적지의(無敵之意)

내심 냉정하게 다시 곽철원을 평가한 곽무령이 잠시의 시간을 두고 입을 열었다.

"철원아, 우리 곽가에 어째서 '무적'이란 두 글자를 무림 동도들이 허락했는지 아느냐?"

"그건……."

곽철원이 대답하지 못하자 곽무령이 대신 설명했다.

"우리 곽가의 선조께서는 본래 북송(北宋)의 명장(名將) 악비 장군의 부장이셨느니라. 일종의 호위무장이셨지. 하지만 악비 장군께서 간신 진회의 모함을 받아 죽음을 맞이하시자 선조께서는 황실과 군부에 대한 환멸을 느끼고 무림인이 되시기로 결정을 내리신 것이다."

"소자, 전혀 모르고 있었습니다."

"당연하다. 선조께서는 무림인이 되신 후 곽가를 세우기까지 그 같은 사실을 외인에게 결코 알리지 않으셨으니까. 대신에 선조께서는 군부에 계셨던 분답게 본 가에 빼어난 무공뿐 아니라 명장 악비 장군에게 전수받은 병법을 남기셨다."

"아! 그래서……."

"그렇다. 그래서 본 가는 그 후 단 한 번도 타 문파나 무림 세력과의 분쟁에서 패해본 적이 없다. 지난 수백 년간 계속. 그래서 본 가의 앞에는 '무적'이란 위대한 명호가 붙는다. 참으로 놀랍지 않느냐?"

"예, 그렇습니다!"

곽철원의 얼굴이 가볍게 상기되었다. 부친인 곽무령이 가문의 비사에 대해서 알려주는 건 여태까지와 달리 자신을 자식으로 인정하겠다는 의미가 분명하다 여겼기 때문이다.

곽무령이 다시 말했다.

"그렇기에 나는 이제부터 너와 의절을 해야 할 것 같다. 부디 이해해 주기 바란다."

"예?"

"네 사문의 사람들과 함께 지금 당장 곽가에서 떠나라 말하고 있는 것이다!"

"하지만 아버님, 소자는······."

"어리석구나! 어찌 내가 자하구벽검의 검결 따윌 탐하리라 생각했더란 말이냐? 네가 그 같은 생각을 했을 때부터 이미 내 자식이 아니었느니라!"

"······."

곽무령의 축객령에 곽철원의 상기되었던 안색이 파랗게 질렸다. 일시 자신의 귀를 의심하고 싶은 심정이다. 눈앞에서 하늘이 무너져 내린 것 같은 충격을 받은 까닭이다.

그 같은 곽철원의 모습에 마음이 흔들렸음인가?

곽무령이 잠시 묘한 표정을 짓더니, 가벼운 한숨을 입에 담았다.

"하아! 무적의 병법이란 본시 무엇인가? 호수 깊숙한 곳의 돌은 결코 물 위로 떠오르지 않으니, 스스로의 영역을 지키되 결코 남의 것을 탐해 헛되이 적을 만들지 말아야만 한다!"

"무, 무적지의(無敵之意)……."

"그렇다! 이 무적지의야말로 선조께서 악비 장군께 얻은 병법이 궁구하는 최후의 경지니라! 그런데 본 가의 말단 무사들조차 아는 도리를 어찌 너는 모르고 있었더란 말이냐! 본 가의 통천검법(通天劍法)이 화산파의 자하구벽검만 못하리라 생각했더란 말이냐!"

"……."

곽무령의 준엄한 꾸짖음에 곽철원은 아무런 항변도 하지 못했다.

굳게 다물어져 있는 입술.

살짝 밑으로 떨궈진 얼굴을 두 줄기 뜨거운 눈물이 적시고 있었다.

'모든 것이 나의 실수로다! 화산의 맑은 정기라면 이 녀석을 올곧고 강하게 성장시킬 수 있으리란 믿음만을 가지고 있었으니…….'

내심 탄식을 터뜨린 곽무령이 곽철원에게 손을 내저어 보였다.

"화산으로 다시 돌아가거라! 본 가에 네가 머물 자리는 없구나!"

"알… 겠습니다……."

곽철원이 소매로 얼굴을 훔치고 자리에서 일어섰다.

그리고 한차례의 대례.

전날 열 살의 어린 나이로 가문을 떠나기 전에도 하지 않았던 절이다. 비로소 무적곽가와의 인연을 확실하게 끝맺게 된 것이다.

"소자, 아버님의 마지막 가르침, 결코 잊지 않겠습니다!"

"화산호검이라고 했더냐? 본 가를 잊고 앞으론 화산파를 위해 살아가도록 하거라!"

"예, 그리하겠습니다!"

그 말을 끝으로 곽철원은 검존청을 떠나갔다. 부친 곽무령이 자신의 어떤 자식들에게도 전하지 않았던 무적지의의 본뜻을 가슴 한구석에 품은 채였다.

*   *   *

수해촌.

북궁휘는 영호준이 유옥을 살피는 동안 동네의 외곽에 홀로 떨어져 나와 묵상을 하고 있었다.

여전히 그의 목과 손목에는 밧줄이 묶여져 있다.

전날 운검의 명에 의해 묶은 상태 그대로다. 조금의 변화도 없었다.

'모든 검투에 임하는 자는 평상시의 몸가짐 상태를 검투 시의 상태로 설정하고 있어야만 한다. 즉, 검투의 경우에도 평상시와 같이 하는 것이 중요하다. 검투 시의 눈 동작에 관한 요령. 그것은 우선적으로 크고 넓게 보아야 한다는 것이다. 관(觀)과 견(見)의 두 가지에 관해서는 '관'은 눈을 세게, '견'은 눈을 약하게 하여 먼 곳을 명확하게 파악하고, 몸 가까운 곳의 움직임에서 검투의 기세를 파악하는 것이 가장 중요하다. 검투 상대가 펼치는 검초나 검식의 방향을 잘 알고, 조금이라도 표면적인 움직임에 현혹됨이 없는 것이 무엇보다도 우선적으로 확인해야만 할 검투의 안목인 것이다……'

북궁휘는 운검에게 전수받은 검의의 두 번째 항목을 신중하게 되뇐 후 눈을 떴다.

갑작스런 개목(開目)!

대낮이라곤 하나 일시 주변의 경관이 묘한 흐트러짐을 보인다.

평상시와는 다르다.

아주 잠시에 불과하나 분명 그러하다.

북궁휘는 호흡을 가다듬고서 운검에게 전수받은 검의에 정신을 집중했다. 여태까지와 달리 타고난 천재적인 감각에 의존하지 않고 검 그 자체와 혼연일체가 되기 위해 노력했다.

스슥!

그와 함께 움직인 발끝의 움직임.

자신도 모르게 유성삼전도를 펼친 북궁휘의 단장검이 완만한 곡선을 그리며 검갑에서 빠져나왔다.

스팟!

언제나 먼저 빼서 먼저 찔러 넣는 것에만 집중되었던 단장검이 환상 같은 분영을 만들어냈다. 사 척 대도를 휘두를 때와 같은 큰 동작이 배제된 채의 발검이다.

검속은?

북궁휘는 삼시간에 십여 개나 되는 검영을 만들곤 입가에 흐릿한 미소를 매달았다.

'검의 속도가 세 배 빨라졌다! 이게 바로 후발제인(後發制人)인가!'

후발제인!

뒤에 움직여서 능히 사람을 제압할 수 있다는 뜻이다. 검법을 떠나 모든 내가무학의 궁극이라 알려진 고심한 문구이기도 했다.

하지만 운검은 북궁휘에게 후발제인 따윌 가르쳐 본 적이 없다. 그가 북궁휘에게 전수한 건 거의 모든 검가(劍家)나 검문(劍門), 검종(劍宗)에서 본격적인 수련에 들어가기 전 제자들에게 가르치는 일종의 기본기였다. 절세의 절학이나 경천동지할 신공 따위가 아니다.

다만 똑같은 것이라도 가르치는 자와 배우는 자의 경지나 자질에 따라 결과는 달라지게 마련이다. 운검과 북궁휘 사제가 바로 그에 부합되는 부류였다.

운검은 자신의 대종사에 필적할 만한 깨달음을 바탕으로

검의를 가르쳤고, 북궁휘는 이를 받아들인 후 천재적인 재능으로 발전시켰다.

그 와중에 북궁휘가 북궁세가에서 폐관수련을 하는 동안 접할 수 있었던 천하 각문각파의 잡다할 절기와 지식들이 상승 작용을 도왔음은 물론이다.

북궁휘가 그렇게 자신만의 검을 만들고 익숙해져 갈 무렵이었다.

그밖엔 아무도 없던 동네 어귀로 한 무리의 사람들이 모습을 드러냈다.

일남이녀의 외지인.

북궁휘는 그들의 등장을 뒤늦게 알아채고 얼른 단장검을 거둬들였다.

착!

검갑 안으로 검을 숨기고 신형을 돌려세운 북궁휘의 눈매가 살짝 가늘어졌다. 생각했던 것보다 일행이 많다는 것에 다소 놀란 것이다.

'세 명이나 될 줄이야! 내가 읽은 기운은 기껏해야 하나에 불과했다. 그건 저 세 명 중 나보다 내공이 높은 자가 둘이나 된다는 뜻이다. 그런데 더욱 놀라운 점은 저들 중 한 명의 기운을 지금도 파악치 못하고 있다는 거다. 설마 초절정에 이른 고수를 만나게 된 것인가!'

초절정고수!

내공이 삼화취정(三華聚頂) 오기조원(五氣朝元)에 이르렀고, 제 마음만으로 살기를 일으켜 사람을 해칠 수 있는 무형지기를 갖춘 자를 뜻한다.

천하무림을 모조리 뒤져도 이 정도 경지에 이른 고수는 거의 없다. 절대고수로 분류되는 사패주를 제외하고 나면 기껏해야 십여 명에 불과할 터였다.

물론 대충 그럴 거라 생각할 뿐이다.

강호무림은 광활하고 기인이사가 모래알처럼 많다는 건 삼척동자라도 알고 있는 일이었기 때문이다.

수해촌의 외곽에 들어선 일남이녀.

그들은 얼마 전 고릉을 떠나 미현을 경유해 온 소수여제 위소소 일행이었다.

당연히 고릉과 마찬가지로 미현의 하오문 지부 역시 사검과 냉요란의 방문을 받았는데, 이번에는 조금 저항이 거셌다. 고릉에서 이미 한차례 쓴맛을 본 하오문도들이 몇 가지 함정과 암계를 준비하고 있었기 때문이다.

여전히 방립과 피풍의로 전신을 모조리 감춘 위소소의 뒤를 조용히 따르고 있던 냉요란이 곁의 사검에게 살짝 눈을 흘겨 보았다.

"피에 굶주린 살인마! 그렇게 칼 휘두르기 좋아하더니, 참 잘됐네요! 존귀하신 대공녀님에게 먼지 나는 길을 걷게 만들었으니!"

"……."

 사검은 대답 대신 수중의 검갑에서 검파를 엄지손가락으로 한차례 튕겨 올렸다. 당장이라도 발검에 들어가 냉요란의 목을 날려 버릴 듯한 살기 역시 잊지 않았다.

 움찔!

 냉요란이 몸을 한차례 떨더니 얼른 위소소의 뒤로 신형을 이동시켰다.

 위소소의 명이 없는 한 결코 자신에게 검을 날릴 사검이 아님을 알면서도 본능적으로 그리했다. 그만큼 그에게서 뿜어져 나온 살기가 강렬했기 때문이다.

 살랑!

 위소소가 쓴 방립의 면사가 흔들렸다.

 "두 사람. 우리가 이곳까지 온 이유를 잊어선 안 돼."

 "존명!"

 "대공녀님, 절대로 잊지 않고 있습니다! 그런데 자꾸만 저 사검이 천녀를 못 잡아먹어서 안달을 내는지라……."

 위소소가 고개를 흔들었다.

 더 이상 말하지 말라는 뜻이었다. 그녀의 고괴한 성품을 알고 있는 냉요란이 얼른 입을 다물었다.

 "합!"

 그때다. 사검이 다시 살기를 뭉클거리며 일으켰다. 북궁휘와 마찬가지 이유에서다.

그와 함께 어느새 들어간 발검 자세!

스으.

막 검을 뽑아 북궁휘를 덮쳐 가려던 사검의 앞을 위소소가 가로막아 섰다.

살랑!

또다시 흔들리는 고개.

사검으로선 지상명령을 받은 것이나 다름없다.

그가 발검을 멈추고 뒤로 한 걸음 물러서자 위소소의 시선이 냉요란을 향했다.

"혈빙투안섭혼공으로 저자를 유혹할 수 있을까?"

냉요란 역시 이미 북궁휘를 주목하고 있었다.

사검이 왜 그렇게 갑자기 살기를 뿜어냈는지 알 것 같다. 한눈에 보기에도 북궁휘의 기도는 결코 평범하지 않았기 때문이다.

'내 혈빙투안섭혼공은 불완전한 무공이야. 만약 상대방의 정신력이 대단히 높거나 무공이 나보다 높다면 오히려 역습을 당할 수가 있어. 그 같은 사실을 대공녀님이 모를 리 없을 텐데, 어째서 질문을 하신 걸까?'

잠시 머리를 굴린 후 냉요란은 위소소의 의중을 눈치 챘다. 입가에 슬며시 미소 하나가 떠올랐으나 얼른 감췄다.

"천녀의 혈빙투안섭혼공은 불완전합니다. 저 같은 고수에게 시전했다가는 단번에 역습을 당할 게 분명합니다."
"그렇군. 그럼 우리가 어찌해야 할지도 알고 있을 테지?"
"……."
위소소는 냉요란에게 말을 던졌지만 시선은 사검을 향하고 있었다. 애초부터 북궁휘에게 강렬한 전의를 느낀 사검의 살기를 가라앉히는 게 주목적이었음이 분명한 행동이다.
냉요란이 침묵하는 사검을 바라보며 입가를 손으로 슬며시 가렸다. 입술 새를 비집고 튀어나오려는 웃음을 사검에게 보일 수는 없었기 때문이다.

'그냥 가는가…….'
북궁휘는 저만치 떨어진 채 자신을 스쳐 가는 위소소 일행을 다소 허탈하게 바라봤다.
사검이 일으킨 강렬한 살기!
북궁휘가 파악하지 못했을 리 만무하다. 그는 당장이라도 자신을 천참만륙(千斬萬戮)으로 난도질할 것 같은 사검의 살기에 바짝 전신 근육을 긴장시키고 있었다. 일시 운검에게 근래 전수받은 검의조차 잊어버리고 만 것이다.
하지만 그것이 전부였다. 사검은 곧바로 북궁휘를 노리고 있던 살기를 깨끗이 지워 버리더니, 마치 아무 일도 없었다는 듯 일행과 함께 떠나갔다.
마뜩찮은 느낌.

문득 북궁휘는 단장검의 검파에서 손을 떼어내곤 손안에 흥건히 담겨져 있는 땀을 눈으로 살폈다. 자신의 모자람을 다시금 확인한 것이다.

'요 며칠간 사부님의 가르침을 완벽하게 체득했다고 생각했는데, 내 오만이었음을 이제야 알겠구나. 그런데 이런 조그만 마을에 저런 고수들이 무슨 일로 찾아왔는지 모르겠군. 설마!'

자조 섞인 뇌까림.

그 끝에 문득 떠오른 의혹 하나.

잠시 자신을 지나쳐 수해촌으로 향하는 위소소 일행을 주목한 북궁휘가 일순 한줄기 바람이 되었다. 지금 당장 확인해야 할 사항이 떠오른 까닭이다.

　　　　　＊　　　＊　　　＊

유옥은 평소와 다름없이 새벽부터 저잣거리에 나와 시장통의 한구석에 좌판을 벌였다.

운검에게 받은 은자 오십 냥.

그 정도 돈이면 시장통에서 지금 자리 잡은 곳보다는 훨씬 괜찮은 장소로 좌판을 옮길 수 있다. 높은 자릿세가 붙는 시장에서 가장 좋은 목도 노리지 못할 바는 아니다.

하지만 그녀는 그리하지 않았다.

세 들어 사는 집의 뒷마당에 땅을 파고 전낭째로 파묻어놨다. 운검을 다시 만나서 자초지종을 듣지도 못한 상황에서 냉큼 돈을 사용할 순 없다는 판단이었다.

그런 그녀의 주변을 지난 며칠간 영호준과 북궁휘 사제와 소금주는 번갈아가며 배회하고 있었다. 그냥 지켜보기만 하는 것이 아니다. 각자 제 나름의 방식으로 그녀를 돕기도 하고 힘들게도 했다.

지금 영호준 역시 그러하다.

그는 여전히 시장통에서 가장 외진 자리를 잡고 좌판을 벌이고 있는 유옥을 돕는답시고 열심히 호객을 하고 있었다. 시장통 이곳저곳을 뛰어다니며 목청이 다 쉴 정도로 유옥의 음식 솜씨를 광고하느라 목에 핏대를 세웠다.

유옥이 그 같은 영호준의 모습에 얼핏 미소를 매달곤 잠시 상념이 젖어들었다.

'이름이 운… 검이라고 하셨던가? 화산파에서 도사를 하셨던 분이시고…….'

짧은 만남.

그럼에도 운검은 유옥의 작은 가슴에 깊은 화인을 남기고 바람같이 사라졌다.

오라버니!

수해로 고아가 된 후 유옥을 지탱해 주던 단 하나의 기둥이다. 몇 번이나 꿈속에서 재회를 상상했는지 셀 수조차 없다.

그런데 유옥은 애써 운검을 오라버니라 인정하지 않으려 하고 있었다. 그러기 싫었다. 그녀의 작은 가슴에 남은 깊은 화인이 그리하라 소리치고 있는 것이다.

"그나저나 금주 동생은 어디로 간 거지? 얼마 전까지 영호 소협하고 사이좋게 대화를 나누고 있었던 것 같은데……."

잠시 머릿속을 어지럽혔던 상념을 지워 버린 유옥이 주변을 이리저리 둘러봤다. 방금 전까지 영호준과 티격태격 싸우던 소금주가 없어진 걸 뒤늦게 깨달았기 때문이다.

소금주는 평상시와 다름없이 유옥의 장사를 도와준답시고 온갖 민폐를 다 끼치던 영호준과 한판을 붙은 후 대홍반점으로 향했다.

비슷한 나이란 점을 들어 근래 말을 트는 사이가 된 영호준을 조금 더 데리고 놀고 싶었으나 하오문에서 사람이 왔다. 몇 가지 처리할 문제를 던져 주고 간 것이다.

당연히 지금 상황이다.

그녀는 유옥에게 별다른 말조차 하지 못하고 곧바로 임시 거점으로 정한 대홍반점으로 향할 수밖에 없었다.

'쳇! 예상 밖으로 귀찮은 녀석들인가 보네! 고릉은 그렇다 치고 미현 일대에 배치해 놓은 자들은 섬서성 일대에선 그래도 한칼하는 녀석들이었는데, 아예 상대조차 되지 않았다니……'

무적지의(無敵之意) 225

천진난만한 소녀의 얼굴을 하고 있긴 하나 소금주의 진정한 정체는 강북 하오문의 지낭이다.

당연히 그녀는 근래 섬서성 일대의 하오문이 외부 고수에게 습격당한 사건에 대해 잘 알고 있었다. 빠르게 그에 대한 후속 조치를 취하지 않을 수 없다.

그녀는 고심 끝에 얼마 전 미현 일대에 일종의 천라지망을 펼쳤다. 강북 하오문의 지부를 쑥대밭으로 만든 겁없는 자들을 징치하기 위함이었다.

그런데 실패를 했단다!

내심 미현 일대에 펼친 천라지망에 자신만만해 있던 소금주로선 기분이 썩 좋을 리 없다.

특히 사적인 이유로 한참 동안 강북 하오문 내부의 일을 등한시하고 있었던 터라 책임감을 느끼는 정도가 더욱 컸다. 까딱 잘못하면 강북 하오문의 총수령이자 사부인 귀왕(鬼王)에게 치도곤을 당하게 생겼기 때문이다.

'그런데 좀 이상하네. 어째서 그 개자식들의 출몰 지역이 내가 아는 누구들하고 겹치는 걸까?'

소금주가 아는 누구들이란 다름 아닌 운검 사제다.

진영언의 청부로 운검 사제와 인연을 맺은 후 그녀의 관심은 온통 그쪽에 쏠려 있었다. 그의 과거 행적 역시 어렵지 않게 자료를 구한 터라 이 같은 의심을 할 수밖에 없게 되었다.

그러나 아직까진 의심뿐이었다. 섬서성 일대 하오문을 습격하고 다니는 자들에 대한 심도 깊은 조사 작업에 아직 착수하지 않은 까닭이다.

그 같은 생각을 작은 머리 가득 담은 채 소금주는 걸음을 더욱 빨리했다.

한시라도 빨리 대흥반점에 도착해서 속속 날아들고 있는 흉수에 대한 자료를 검토하고 싶어서였다.

그렇게 그녀가 막 대흥반점 앞에 도착했을 때였다.

콰쾅!

갑자기 반점의 문이 박살났다.

당연히 그것만으로 끝일 리 없다. 곧바로 반점 내부에서 한낮임에도 검은색 일색의 야행복을 걸친 인영이 번개같이 튀어나왔다.

소금주가 가는 어디든 그림자처럼 따라붙으며 보호를 하는 암영삼살(暗影三殺) 중 막내인 삼살이다.

'삼살!'

소금주의 눈이 커졌다.

그녀가 아는 암영삼살은 강북 하오문주이자 그녀의 사부인 귀왕이 아주 비싼 값을 들여서 키운 절정고수였다. 특히 그들은 은신술과 잠행술에 능했는데, 진영언조차 쉽사리 발견하지 못할 정도였다.

그들 중 한 명인 삼살!

그의 추태에 가까운 모습에 소금주는 당황할 수밖에 없었다. 생각해 본 적도 없던 위기가 바로 코앞까지 이르렀음이 분명했기 때문이다.

그때다. 곧바로 대홍반점을 뒤로하고 도주할 것 같던 삼살이 소금주를 발견하고 빠르게 손을 휘저었다.

피하란 뜻.

도망치란 손짓이다.

특별히 서로 정해놨던 암호가 아님에도 소금주는 삼살의 손짓이 뜻하는 바를 바로 알아봤다.

그녀의 작은 머릿속에 곧바로 울려 퍼진 위험신호가 사실로 확인되는 순간이었다.

그리고 바로 그때다.

스슥!

역시 부서진 대홍반점의 문을 통해 흐릿한 그림자 하나가 모습을 드러내더니, 소금주에게 손짓을 하느라 잠시 움직임을 늦춘 삼살의 뒤를 빠르게 따라잡았다.

번쩍!

곧바로 전광과 같이 솟구친 검기!

순식간에 삼살의 몸이 일도양단되어 버렸다. 모든 것이 소금주로선 눈 깜짝할 틈도 없이 벌어진 일이었다.

第十八章
은원지사(恩怨之事)
복상사야말로 대장부가 바라는 진짜 죽음이다!

푸확!

소금주의 얼굴로 삼살의 두쪽 난 몸에서 솟구친 피 몇 방울이 떨어져 내렸다.

붉은 꽃잎!

점점이 소금주의 얼굴을 수놓은 핏방울은 얼핏 그렇게 보였다. 한 사람의 목숨과 맞바뀌져 피어난 처연할 정도로 아름다운 꽃잎이다.

"아……."

소금주의 입이 가볍게 벌어졌다.

죽음.

그것도 여태까지 헌신적으로 자신을 보호해 주던 친인의 처참한 최후다.

 그걸 바로 코앞에서 보게 되었다.

 아무리 담력이 있고 출중한 두뇌를 지녔다 하나 충격을 받지 않을 수 없다. 그게 당연했다.

 그러나 소금주가 입을 벌린 건 다른 이유에서다.

 핏방울이 얼굴에 떨어진 것과 동시에 그녀의 가느다란 목을 노리며 예의 섬광 같은 검기가 파고들어 왔다. 삼살을 두 쪽 낼 때처럼 약간의 망설임도 없다.

 '죽는다!'

 소금주는 자신의 무공으로 결코 검기를 피해낼 수 없음을 알았다. 어떤 행동도 할 수 없이 최후를 맞게 된 것이다.

 근데 또다시 상황이 변했다.

 카캉!

 섬광 같던 검기가 소금주의 목을 베기 직전 방해를 받았다. 뭔가 암기 같은 게 날아와 검기의 이동 방향을 조금 비껴 나가게 만들었다.

 "푸홧!"

 소금주는 그제야 참고 있던 숨을 터뜨리며 바닥에 털썩 주저앉았다. 바닥을 뒹굴어서라도 섬광 같은 검기의 두 번째 공격을 피하려는 의도였다.

 그때다.

쇄금비를 펼쳐 간발의 차로 소금주의 목숨을 구한 북궁휘가 유성삼전도를 극성까지 펼쳐서 대홍반점 앞에 떨어져 내렸다. 그의 단장검이 이미 특유의 쾌속검을 펼쳐 내고 있었음은 물론이다.

쉐쉐쉑!

북궁휘의 단장검이 그림자를 노리며 파고들었다. 다시 한 차례 운검의 가르침을 되뇐 탓에 검속이 본래보다 몇 배는 빨라져 있었다.

당연히 섬광과 같은 검기를 자유자재로 발휘하던 그림자 역시 북궁휘의 쾌속검을 쉽사리 피해내긴 쉽지 않았다.

카캉!

역시 섬광이 깃든 검기를 이용해 북궁휘의 쾌속검을 받아낸 그림자가 신형을 재빨리 뒤로 물렸다. 여태까지완 완전히 다른 움직임이다.

'저자는······.'

북궁휘는 자신의 쾌속검에 밀려서 뒤로 물러선 그림자의 얼굴이 낯이 익음을 깨달았다. 섬광과 같은 검기 속에 숨어 있던 그림자가 뒤로 물러서며 자신의 본색을 드러내지 않을 수 없었기 때문이다.

사검!

그 역시 북궁휘를 알아봤다. 그저 멀리서 한차례 수련 모습을 지켜본 것만으로 지독한 살기를 끓어오르게 만들었던 사내를 몰라볼 리 없다.

스슥!

사검은 한 걸음을 옆으로 내딛는 것만으로 다시 자신의 신형을 그림자로 되돌렸다.

북궁휘의 쾌속검을 정면으로 상대하기가 쉽지 않다는 판단에 의거한 행동이다.

북궁휘 역시 사검이 보기 드문 강자임은 인지한 상태다.

만약 근래 운검에게서 전수받은 검의에 의한 수련을 계속하지 않았다면 방금 전의 일합 대결만으로 승부가 결정날 뻔했다. 결코 창파도법을 기본적인 검법과 결합시켜 이룬 성취만으로 상대할 만한 자가 아닌 것이다.

'그러나 지금이라면 다르다!'

내심 일갈을 터뜨린 북궁휘가 다시 그림자로 환원한 사검을 노리며 다시 단장검을 뿌렸다.

스스슥!

더불어 유성삼전도 역시 펼쳤음은 물론이다.

소금주는 본래 뒤도 돌아보지 않고 도망칠 작정이었다. 그만큼 그림자가 되어 삼살을 격살시킨 사검의 살검은 무시무시했다.

자칫 오줌까지 지릴 뻔했다.

그러나 위기 상황에서 그녀를 구해준 북궁휘의 늠름한 모습을 보자 공포에 물들어 있던 표정이 다소 회복되었다. 강호의 여인이라면 누구라도 한 번씩은 꿈꿔왔을 백마를 탄 협객이 기가 막힐 정도로 좋은 순간에 모습을 드러낸 것이다.

'헤에! 역시 북궁세가의 삼공자는 좋은 남자였구나! 얼굴만 잘생겼을 뿐 무공이든 머리든 간에 쥐뿔도 쓸 만한 구석이 없는 영호준과는 비교가 되지 않을 정도야! 그런데 어째서 영호준, 그 쓸모없는 녀석이 사형이고 저 훌륭한 북궁휘가 사제지?'

소금주는 내심 고개를 갸웃거렸다. 머리를 팽팽 굴리기 시작하자 어느새 평상시의 정신 상태로 돌아오게 된 그녀였다.

그때다.

강호무림에서 근래 보기 드문 처절한 검투가 벌어지고 있는 대홍반점 앞으로 한 명의 여인이 모습을 드러냈다.

미소부.

사내라면 누구라도 현숙한 아름다움에 한 번씩은 시선을 던질 만한 미모를 지닌 냉요란은 대홍반점에 이르자마자 눈을 크게 떴다.

피에 굶주린 살인귀!

사검에 대해 그녀가 인지하고 있는 사항이었다.

더불어 그가 누군가를 죽이는 데 있어 애를 먹을 거란 생각은 단 한 번도 해본 적이 없었다. 아예 그런 상상 자체가 허용되지 않을 것 같은 사내가 바로 그였다.

그런데 지금 대홍반점 앞에선 그 상상조차 해본 적이 없던 일이 벌어지고 있었다. 그 같은 일을 가능케 한 자는 수해촌의 어귀에서 잠시 스쳐 지나갔던 보기 드문 미남이었다.

'과연 대공녀님의 안목은 대단하시구나! 설마하니 사검, 저 살인귀를 쩔쩔매게 만들 정도의 실력자였을 줄이야! 그런데 저 꼬마 계집애는…….'

잠시 경탄 어린 표정으로 북궁휘와 사검 간의 검투를 지켜보던 냉요란의 눈에 이채가 떠올랐다.

검투가 시작되자마자 공터로 변해 버린 대홍반점 앞.

깨끗하게 일도양단된 시체 주변에서 자신과 마찬가지로 검투를 예의 주시하고 있는 소금주의 모습은 시선을 끌기에 충분하다.

특히 그 용모가 얼마 전 미현 일대에서 만난 강북 하오문의 천라지망을 박살 낸 후 얻은 백안천이 소금주와 흡사하다면 두말할 필요도 없는 일이다.

'호호! 이거 생각지도 못했던 대어를 잡게 되었네!'

내심 교소를 터뜨린 냉요란이 특기인 은형잠둔술을 펼쳐 재빨리 소금주의 배후로 다가들었다.

슥!

손가락 끝에는 어느새 혈빙지의 공력이 담긴 채 소금주의 목젖에 닿아 있다.

"아……."

뭐라 소리를 지르려는 소금주의 귓불로 냉요란의 더운 입김이 흘러들어 갔다.
 "강북 하오문의 지낭인 백안천이 소금주 소저, 그 예쁜 입을 다물지 않으면 목에 시원스런 구멍이 뚫려 버려요."
 "……"
 얼른 입을 굳게 다무는 소금주의 모습에 냉요란이 만족스런 미소를 머금었다.
 타탁!
 혈빙지가 담겨져 있던 손가락이 소금주의 목에 구멍을 뚫는 대신 마혈과 아혈을 연달아 점혈했다. 이제 모든 힘을 잃고 자신의 품에 늘어진 소금주를 다정하게 안은 채 대홍반점을 떠나기만 하면 될 터였다.
 '그런데 저 살인귀 녀석은 어쩌지? 뭐, 항상 제놈이 가장 잘난 척을 했으니 이번에도 알아서 빠져나오겠지!'
 냉요란은 여전히 북궁휘와 아슬아슬한 검투를 벌이고 있는 사검을 힐끔 바라보곤 곧 신형을 돌려세웠다.
 처음 만남부터 사검에겐 맺힌 게 많았다.
 그와 지켜야 할 의리 따위가 있을 리 만무했다.

 북궁휘는 사검과 검투를 벌이면 벌일수록 놀랐다.
 처음으로 만난 검의 고수!
 운검이 전수해 준 검의를 시험하기엔 이보다 좋은 상대가 있을 수 없다.

 사검과 검투를 벌이는 사이 북궁휘의 검은 더욱 정묘해지고 속도를 더해갔다. 싸우면 싸울수록 점점 더 강해지기 시작한 것이다.

 '즐겁다! 검을 마음대로 다룬다는 건 이렇게나 즐거운 일이었던 거야!'

 북궁휘는 내심 환호했다.

 가능하면 사검과의 검투가 끝없이 계속되었으면 싶었다.

 그런 마음이었다.

 당연히 주변에 대한 시야가 좁아질 수밖에 없다. 그는 사검과 그의 검에만 집중하느라 소금주가 냉요란에게 납치되는 걸 눈치 채지 못했다.

 사검은 달랐다.

 그는 소금주를 제압하자마자 자신에게 고소하단 표정을 던지고 떠나간 냉요란의 모습을 똑똑히 봤다.

 순간적으로 뇌리에 떠오른 용모파기 하나.

 자신이 목을 베려 했던 소녀의 정체가 대충 짐작이 간다.

 그렇다면 굳이 이곳에 계속 남아서 강적인 북궁휘와 목숨을 건 검투를 벌일 이유가 없다. 점점 더 날카로워지는 그의 검을 계속 받아내는 것도 그리 쉽지만은 않다.

 '운이 좋군, 애송이.'

 차가운 살기를 담아 북궁휘를 바라본 사검이 연속적으로

여섯 개나 되는 검기를 쏟아내곤, 품에서 주먹만 한 철구(鐵球)를 끄집어내 바닥에 던졌다.

탕!

철구는 바닥에 떨어지자마자 사람의 키 높이 정도로 튀어 올랐다.

그리고 폭발!

철구 속에서 수백 개나 되는 우모침(牛毛針)이 터져 나왔다.

한쪽 방향만이 아니다.

천지사방, 가리지 않고 튀어나갔다. 전방위로 공격을 감행한 것이다.

'이건……'

북궁휘는 사검에게 완벽할 정도로 집중해 있었다. 그가 갑자기 공세의 수위를 높이자 뭔가 의도가 있을 것임을 쉽사리 눈치 챌 수 있었다.

그러나 바닥에서 튀어 오른 철구의 폭발은 그에게도 예상 밖이었다.

설마하니 무시무시한 검기(劍技)로 자신을 압박하던 사검이 이런 좌도방문의 기병(奇兵)을 사용하리라곤 상상도 못했기 때문이다.

사사사삭!

북궁휘는 전력으로 유성삼전도를 펼치며 단장검을 휘둘러

일종의 검막(劍幕)을 만들어냈다. 철구에서 튀어나온 우모침으로부터 스스로를 먼저 지키기 위함이었다.

종횡하는 검의 분영!

철구에서 튀어나온 우모침들이 북궁휘의 부근도 이르기 전에 사방으로 튕겨 나갔다. 단장검의 속도가 우모침보다 월등히 빠르지 않고선 일어날 수 없는 결과였다.

그렇게 폭풍과 같던 한때가 지나갔다.

폭발한 철구의 잔해를 잠시 바라보던 북궁휘가 검미를 가볍게 찡그려 보였다.

"구마폭(九魔爆)! 설마 구마련의 잔존 세력이었단 말인가! 하지만 어째서 그들이 소 소저를 붙잡아갔단 말인가?"

구마폭!

사검이 북궁휘에게 던지고 사라진 기병의 이름이다.

구마련에서도 상위의 인물들만 사용한다고 알려진 이 기병의 악명을 사패에 속한 북궁세가 출신인 북궁휘는 익히 알고 있었다. 북궁세가에서도 전날 구마련과의 대전 중 구마폭에 목숨을 잃은 자가 있었기 때문이다.

북궁휘는 잠시 염두를 굴린 후 곧바로 신형을 돌렸다. 이곳에 도착하기 전 이미 들렀다 온 시장통으로 다시 돌아가 유옥과 영호준이 무사한지 다시금 살피기 위함이었다.

* * *

감숙성(甘肅省).

중원의 북서부에 위치해 있다. 성도(省都)는 난주(蘭州)로 황하(黃河) 상류에 위치한 황토 고원, 청장 고원의 접촉 지대에 해당된다.

운검과 진영언은 수해촌을 떠난 지 두 달여 만에 섬서성과 감숙성의 경계라 할 수 있는 천수(天水)를 눈앞에 둘 수 있었다.

두 달.

비록 섬서성에서 감숙성으로 향하는 길이 꽤나 거칠고 험하다곤 하나 조금 긴 기간이다. 특히 무림의 절정 급 고수로선 더욱 그러했다.

운검이 문제였다.

진영언과 달리 내공을 전혀 사용할 수 없는 몸인 그의 체력은 보통 사람보다 조금 나은 정도였다. 진영언이 조금 빨리 길을 재촉하면 반드시 쉬는 시간을 가졌고, 결코 무리하려 하지도 않았다.

이유는 간단했다.

그는 항상 자신의 몸 상태를 최고로 유지하려 했다. 내공을 전혀 사용할 수 없는 몸인만큼 다른 조건을 완벽하게 갖춰놓는 건 필수란 판단이었다.

성질 급한 진영언으로선 중간에 몇 차례나 울화통을 터뜨릴 수밖에 없었다. 도통 자신의 말을 듣지 않는 운검의 마이동풍(馬耳東風) 식 행동을 참아내기가 결코 쉽지 않았기 때문이다.

하지만 운검은 철저하게 자신의 방식을 고수했고, 두 사람은 결국 두 달이란 긴 시간이 흘러서야 목적지에 도달할 수 있었다. 슬슬 무더위가 기승을 부리기 시작한 칠월의 어느 날이었다.

터벅! 터벅!

보통 사람보다 조금 빠르게 걸음을 옮기던 운검이 갑자기 길 한 켠에 놓여진 넓적한 바위 위에 털썩 주저앉았다. 이마로부터 흘러내린 한줄기 땀을 소매로 닦는 모습이 꽤나 여유로워 보인다.

"또 쉬냐?"

운검의 뒤를 따르던 진영언이 아미를 찌푸리며 목소리 끝을 뾰족하게 만들었다.

두 달 만에 가까스로 도착한 천수다.

운검이 평상시처럼 다시 게으름을 피우려 한다는 생각이 들자 벌써부터 주먹에 힘이 들어간다.

운검의 표정은 태연했다.

그는 진영언의 말에 대답하는 대신 자신이 앉아 있는 바위

옆자리를 손으로 툭툭 건드려 보였다. 진영언도 와서 앉으라는 뜻이다.

삐직!

결국 진영언의 이마로 핏대 하나가 튀어나왔다. 인내심이 바닥을 드러내고 만 것이다.

"이 자식, 내 말엔 대답하지 않고 무슨 헛짓거리를 하려 하는 거얏!"

"내 옆에 앉기 싫소?"

"당연하지!"

"그럼 그냥 선 채로 들으시오."

"뭐얏!"

"싫으면 앉던가. 나는 진 소저가 내 옆에 앉거나 말거나 상관없이 할 얘기가 있으니까."

진영언은 비로소 운검의 태도가 평상시와 조금 다르다는 걸 눈치 챘다. 몰랐으면 모르되 이 같은 상황 속에서 계속해서 화를 내고만 있을 순 없다.

"쳇!"

나직이 혀를 찬 진영언이 가볍게 신형을 날려 운검의 옆자리에 엉덩이를 걸쳤다.

자연스레 모아진 두 다리.

여전히 몸매가 그대로 드러나는 홍의를 걸친 탓에 살짝 모아서 가슴 쪽으로 치켜 올려진 다리 선이 사뭇 요염하게 드러난다. 슬쩍 곁눈질 한 번만 하면 볼 수 있는 광경이었다.

운검은 쪼잔하게 곁눈질 따윈 하지 않았다. 당당하게 진영언의 고혹적인 몸매를 감상하며 말했다.

"이제 슬슬 말해줄 때가 되지 않았소?"

"뭘 말하는 거냐?"

"강북 녹림의 총표파자인 권마 우금극과 어쩌다가 은원을 맺게 되었는지에 대해서!"

"……."

진영언은 설마하니 운검이 이렇게 노골적으로 질문을 하리라곤 생각지 못했다.

강호의 은원.

누구든 쉽사리 말할 수 없고, 평가하기 어려운 것이었다.

일반인에겐 아주 가볍고 사소한 자존심 싸움부터 불구대천(不俱戴天)이라 할 정도의 피 맺힌 원한까지…….

개개인마다 은원을 맺은 정도나 생각의 여부가 달랐다. 용납할 수 있는 범위 역시 그러했다. 어찌 쉽사리 타인의 은원에 대해서 설명을 요구할 수 있겠는가.

'이놈, 웃기는 자식이네! 가끔씩 괴상한 짓을 벌여도 그러려니 했는데, 사실은 바보 멍청이 아냐?'

내심 운검에게 비아냥거린 진영언이 힐끔 그의 눈치를 살폈다.

일부러 속으로 잔뜩 욕했다.

가끔 자신의 속마음을 귀신같이 읽어내는 운검이 이번에도 그런 능력을 발휘했는지 궁금하지 않을 수 없다.

하지만 그녀가 모르는 점이 있다.

운검의 천사심공은 어디까지나 심장에 자리 잡은 마정에서 불규칙적으로 발휘되곤 했다. 희한하게도 위기 상황이나 격투를 벌일 때는 귀신같이 상대의 마음을 읽어내지만 평상시엔 그렇지 않은 경우가 더 많았다.

운검의 얼굴에서 예상했던 반응이 보이지 않자 내심 실망한 진영언이 냉랭한 표정으로 말했다.

"어째서 그런 게 궁금한 거지? 너는 단순히 돈을 받고 내게 고용된 호위에 불과한데?"

"호위란 건 목숨을 걸고 호위하는 대상을 지키는 자를 말하오. 자신이 목숨을 걸고 지켜야만 할 자에 대해 자세히 알고 싶은 건 인지상정(人之常情)이 아니겠소?"

"말은 뻔지르르하게 잘하는군. 하지만 그런 말은 맨 처음에 내 청부를 받아들일 때 했어야 하는 거 아냐?"

"깜빡했소."

"까, 깜빡했다고?"

"그렇소. 나도 강호엔 굉장히 오랜만에 나온 거고, 남의 호위가 된 것은 처음이라 할 수 있소. 이 정도 실수는 저지를 수 있지 않겠소?"

"그래서 이젠 슬슬 목적지에도 거진 도착했으니, 내 은원에 대해 들어본 후 평가를 내리겠다는 거냐?"

"나는 이미 진 소저의 청부를 받아들였소. 어찌 이제 와서 청부를 무를 수 있겠소? 더군다나 나는 진 소저에게 돌려줄 황금도 없소이다."

"그런데도 나와 우금극의 은원에 대해 들어야겠다?"

"목숨을 건 싸움을 하기 전에 알아둬야 할 몇 가지 사항 중 하나라고 판단 내렸을 뿐이오."

"……."

진영언은 운검의 마지막 말을 듣고 잠시 침묵을 지켰다. 그가 의외로 자신의 청부에 대해서 신중한 태도를 견지하고 있음에 놀랐기 때문이다.

'치잇, 이 자식은 항상 날 놀래킨다니깐. 기분 나쁘게……..'

내심 입을 한차례 삐죽거려 보인 진영언이 자신과 양부 권각무적 초삼제, 그리고 권마 우금극에 얽힌 수년간의 은원에 대해 털어놓기 시작했다.

권각무적 초삼제!

전대 강남 녹림의 총표파자가 아직 독각대도를 하고 있을 때의 일이다.

초삼제는 독각대도를 하던 중 완성한 광풍백연타의 위력을 시험하고 싶어 안달이 났었다. 무림의 인물들한테 멸시에 가까운 대접을 받는 강도답지 않게 순수한 본인의 무공만으로 입신양명(立身揚名)을 하고 싶었던 것이다.

그러나 무림이란 냉정한 곳이다.

어떠한 무학의 명가도 혼자서 강도질이나 하고 다니던 초삼제의 비무에 쉽사리 응하지 않았다. 이겨봤자 명성에 도움이 안 되고 만약 재수없게 지기라도 하면 그야말로 얼굴에 먹칠을 하는 꼴이었기 때문이다.

이는 흑도나 마도, 사파의 인물들 역시 마찬가지였다.

개중 어떤 자는 초삼제의 비무 요청을 받아들이지 않는 건 물론이거니와 자신을 우습게 여겼다고 세력을 동원해 죽이려 들기까지 했다.

어쩔 수 없이 초삼제는 막 나가기로 결심했다. 정중하게 비무 요청을 하기를 포기하고 무작정 명가나 고수들을 찾아가 싸움을 거는 걸로 자신의 무공을 인증하려 한 것이다. 유명한 초적대도행의 시작이었다.

그렇게 수년이 흘러 초삼제는 강북까지 진출했는데, 당시 강북 녹림에서 점차 명성을 쌓아가고 있던 권마 우금극과 만나 칠 주야에 걸쳐 싸운 후 의형제를 맺었다. 두 사람 모두 죽도록 싸우고도 승부를 볼 수 없었기에 그런 식으로나마 끝맺음을 하려 한 것이다.

문제는 초삼제가 강남 녹림의 총표파자에 오른 직후에 일어났다.

우연찮게도 비슷한 시기에 강북 녹림의 총표파자가 된 우금극은 초삼제에게 녹림대연정을 제안했다.

장강을 중심으로 남북으로 나뉜 녹림을 하나의 세력으로 만들어서 세가 약해진 구대문파나 천하사방에서 군림하는 사패에 버금가는 대세력을 만들려 한 것이었다.

그러나 초삼제는 초적대도행의 기간에 정파무림의 저력을 누구보다 뼈저리게 느낀 사람이었다.

의제인 우금극의 제안대로 녹림대연정을 이루게 될 경우 과거 구마련 때와 마찬가지로 사패와 구대문파가 손을 잡고 토벌대를 결성할 가능성이 높다고 생각했다.

더군다나 그는 절대로 자신보다 나이가 어린 우금극에게 머리를 숙일 생각이 전혀 없었다. 특히 녹림대연정의 상징으로 자신의 애지중지하는 양딸인 진영언을 신부로 달라는 요구에는 차갑게 코웃음 칠 따름이었다.

결국 초삼제는 우금극에게 녹림대연정에 대한 완곡하지만 단호한 거절의 뜻을 보냈고, 일은 그대로 일단락되는 듯 보였다. 우금극이 초삼제의 오십팔 세 생일 때 미녀 열 명을 보내오기까진 분명 그러했다.

"보, 복상사?"

운검은 다소 심각한 표정으로 진영언에게 권마 우금극과의 은원지사를 듣던 중 사례가 들 뻔했다. 그답지 않게 기침까지 몇 차례 하며 반문을 던진 건 그 때문이었다.

진영언도 여자다.

그녀는 운검의 반문에 안색을 살짝 상기시키더니, 조그맣지만 방금 전보다 선명한 목소리로 말했다.

"그래, 양부님은 복상사를 당하셨어! 그 죽일 우금극, 돼지 녀석이 보낸 여우 같은 계집년들과 사흘 밤낮을 함께하시곤 그리되셨어!"

"그건 잘된 일 아니오?"

"잘된 일?"

"본래 복상사야말로 대장부가 바라는 진짜 죽음이니, 초선배도 그리 억울하진 않았을 것 같다는······."

"죽을래?"

"싫소! 나는 복상사는커녕 여태까지 여인의 손목 한 번 잡아보지 못했소."

"그러니까 복상사가 아니면 죽고 싶지 않다는 뜻이냐?"

"뭐, 그야······."

운검이 말끝을 흐리긴 했으되 그의 진의(眞意)는 분명히 진영언에게 전해졌다.

'그저 남자들이란!'

내심 차갑게 운검을 노려본 진영언이 발끝에 힘을 모으더니 바위에서 뛰어내렸다. 더 이상 운검의 옆에 앉아 있고 싶지 않았던 것이다.

운검이 그런 그녀에게 문득 떠오른 듯 질문했다.

"그런데 그 여인들은 그 후 어찌 됐소이까?"

"설마하니 내가 다 죽였을까 봐 걱정되는 거냐?"

"진 소저는 녹림에 속해 있긴 하나 결코 성정이 나쁜 사람이 아니오. 비록 초 선배의 죽음에 화가 났다 하나 죄없는 여인들에게 화풀이하진 않았을 것이오. 다만……"

"다만?"

"내가 만약 우금극이고, 음모를 꾸며서 초 선배를 복상사시켰다면 반드시 뒤처리에 신경을 썼을 것이오. 그래야만 뒤탈이 없을 테니까."

"확실히… 그 여우 같은 계집들은 조사 과정에서 한 명도 빠짐없이 자살을 했다. 미리 독단을 잇새에 끼우고 있다가 조사가 시작되자 곧바로 깨물어서 즉사한 거야."

"그래서 진 소저는 혼자 장강을 넘을 수밖에 없었던 것이구려?"

"그건 또 무슨 소리냐?"

"강남의 녹림도들을 설득하는 데 실패해서 진 소저가 홀로 장강을 넘었을 거란 말이오."

운검의 친절한 설명에 진영언이 안색을 굳히고 험악한 표정을 지어 보였다.

"또 그 수를 쓴 거냐?"

"수?"

"사람 마음을 읽는 기술 말이야!"

"이런 일에 굳이 그런 걸 사용할 필요가 무에 있겠소. 그냥 전후 사정을 살펴본 후에 내린 결론일 뿐이오."

"흥! 못 믿겠는걸?"

"하하!"

운검이 코웃음 치는 진영언을 바라보다 갑자기 시원스레 대소를 터뜨렸다. 자신에게 치부라 해도 과언이 아닐 양부의 죽음에 얽힌 비사를 하나도 빠짐없이 털어놓은 진영언이 왠지 가깝게 느껴진 까닭이다.

그때다. 운검의 그 같은 모습에 살짝 골이 난 표정을 짓고 있던 진영언이 갑자기 신형을 날리더니, 얼마 후 날래 보이는 사내의 멱살을 쥐고 돌아왔다.

"척후?"

운검이 질문을 던진 상대는 진영언이 아니다. 그녀에게 제압되어서 끌려온 사내다.

그러나 기다렸던 대답은 돌아오지 않았다. 사내가 갑자기 독단을 깨물고 즉사했기 때문이다.

진영언이 눈살을 찌푸렸다.

"지독한 놈들! 이런 하수한테까지 독단을 준비시키고 있었다니!"

"권마 우금극이 가장 신뢰하고 있던 오잔과 금갑불괴 강패가 동시에 당했으니까. 게다가 우리는 이곳까지 오는 동안 무려 두 달이 넘게 걸렸소이다. 강북 녹림십팔채의 으뜸이라 할 수 있는 풍암산채에서 전투 준비를 할 시간은 꽤나 충분했을 것이오."

"그러니까 좀 더 빨리 왔어야 되는 거잖아! 그랬으면……."

"아주 많은 사람을 죽여야만 했겠지요."

"뭐?"

"만약 우리가 오잔과 금갑불괴 강패가 중심이 된 천라지망을 박살 낸 직후에 곧바로 풍암산채로 향했다면 대혈전을 피할 수 없었을 것이란 뜻이오."

"어째서 그렇지?"

"풍암산채로 소문이 전해지지 않았을 테니까."

"그건 설마……."

"그 설마요. 내가 이곳까지 두 달이나 걸려서 진 소저와 온건 폐인이 된 강패가 풍암산채로 돌아갈 시간을 벌어주기 위함이었소. 그래야 그로 인해 권마 우금극이 불안해질 테고, 풍암산채 구석구석까지 오잔과 강패를 동시에 박살 낸 진 소저의 괴물 같은 무위가 소문날 테니까 말이오."

"……."

진영언은 입을 가볍게 벌린 채 운검을 바라봤다. 항상 대충대충 사는 듯한 인상이 짙던 그가 갑자기 대전략가인 제갈무후의 현신처럼 보였기 때문이다.

'후후, 방금 전의 그 사내. 고맙게도 독단을 깨물기 전 내가 던진 질문에 꽤나 많은 정보들을 쏟아내 줬어. 역시 사람은 죽기 전에 주마등처럼 자신의 인생 전체를 관조하게 마련인 것이야.'

운검은 전날 죽음 앞에 직면했던 기억을 되새기며 내심 미소 지었다.

사내가 죽기 전에 전해준 정보로 볼 때 풍암산채의 전력은 이미 절반 이하로 줄어들어 있었다. 모두 지나칠 정도로 뻥튀기된 진영언의 무위와 잔혹한 손속 때문이다. 사내 역시 진영언에게 붙잡힌 후 너무 겁이 나서 살려달란 말조차 하지 못하고 독단을 깨물고 죽는 길을 선택했다.

운검은 내심 그 같은 정보들을 대충 정리한 후 여전히 경이의 시선을 던지고 있는 진영언에게 명령하듯 말했다.

"진 소저, 아마 현재 풍암산채의 전력은 평상시의 절반 이하일 것이오. 특히 밤이 되면 방어력이 더욱 떨어질 테니, 우리는 날이 어두워지길 기다려 풍암산을 오르도록 합시다."

"풍암산엔 초행이라 밤엔 길을 잃고 헤맬 가능성이 높을 것 같은데······."

"나는 거의 이십 년 이상 산에서 생활했소. 산에서 길을 찾는 건 내 가장 큰 특기이니 진 소저는 염려할 것 없소이다."

뻥이다!

운검은 이미 사내가 죽기 전 쏟아낸 정보들 속에서 풍암산채로 이르는 수십 개나 되는 길을 모조리 파악한 상태였다.

밤이라 해서 길을 못 찾을 리 만무했다.

끄덕!

운검에게 얌전한 새색시처럼 고개를 숙여 보인 진영언이 기대에 찬 눈빛을 던졌다. 여태까지의 불신과 의혹을 씻은 듯 잊고 운검에 대한 절대적인 신뢰를 보낸 것이다.

'웃기고 있네! 그래도 이번 일에 쓸모는 있을 것 같으니, 잠시 동안 말을 들어주는 체해주마!'

문득 뇌리를 스쳐 간 생각을 얼른 머릿속에서 지워 버린 진영언이 운검에게 수줍게 웃어 보였다.

* * *

소금주는 감숙성으로 향하는 관도 위를 터벅거리며 땅이 꺼져라 한숨을 내뱉었다.

"하아아! 어쩌다가 내 신세가 이렇게 되었더란 말인고······."

"예쁜 동생, 땅 꺼지겠네. 어린 나이에 자꾸 한숨을 내쉬는 버릇을 들이면 나중에 크게 후회해요."

'그러거나 말거나······.'

소금주가 뒤에서 들려오는 친절한 목소리에도 고개조차 돌리지 않았다. 저런 상냥하고 사람 좋을 것 같은 목소리 뒤에 숨겨진 악랄함을 근래 들어 무수히 경험한 바 있었다.

그러자 소금주의 축 처진 등덜미로 불쑥 현숙한 아름다움을 갖춘 냉요란이 어깨동무를 해왔다.

"자자, 그렇게 기운없어하지 말고! 이번 임무만 무사히 끝마치면 예쁜 동생에겐 아무런 일도 일어나지 않을 거니깐!"

"그거… 확실하게 약속하실 수 있어요?"

"물론이지."

"거짓말!"

소금주가 짤막한 한마디와 함께 냉요란의 손을 자신의 목덜미에서 살짝 치워 버렸다.

걸음 역시 조금 빨리한다.

결국 다시 뒤로 두어 걸음 정도 물러서게 된 냉요란이 어깨를 한차례 으쓱해 보였다. 어린애들을 다루기가 꽤나 힘들다는 표정이다.

그때다. 다시 네댓 걸음 정도 떨어져 걷고 있던 위소소가 감정이 느껴지지 않는 목소리로 냉요란을 불렀다.

"냉 당주, 지킬 수 없는 약속 같은 건 하지 않는 게 좋다!"

'지킬 수 없는 약속!'

소금주가 걸음을 멈췄다. 목소리의 주인이 자신을 제압한 무리 중 우두머리인 위소소임을 알고 있었기 때문이다.

"대공녀님!"

냉요란이 난감한 표정을 위소소에게 던졌다.

살랑!

위소소는 냉요란의 '자제 요청'이 담긴 눈빛에 고개를 한차례 흔들어 보임으로써 자신의 뜻을 분명히 했다.

그리고 위소소의 그림자 속에 자신을 감추고 있던 사검이 종지부를 찍듯 대신 말한다.

"백안천이 소금주의 생사는 오로지 대공녀님께 달려 있다! 괜스레 쓸데없는 약속을 해서는 안 될 것이다!"

'망할 살인귀 녀석!'

냉요란이 위소소의 그림자 쪽을 힐끔 바라보며 내심 욕설을 퍼부었다. 사검의 한마디로 어린 나이답지 않게 여간내기가 아닌 소금주를 다루기가 더욱 어려워졌기 때문이다.

소금주는 오히려 기분이 상쾌해지는 걸 느꼈다.

대놓고 하는 협박.

혹은 정직한 야바위.

모두 하오문에서는 일상적으로 벌어지는 일이다. 오히려 냉요란처럼 잘해주는 척하며 뒤로 호박씨를 까는 게 더 짜증 나고 화가 났다.

생글.

언제 짜증스런 표정을 지었냐는 듯 입가에 애교 띤 미소를 지어 보인 소금주가 나비와 같은 걸음으로 위소소에게 다가갔다.

"소녀는 확실하게 운검 가가한테 안내할 것을 약속드렸습니다. 그래서 여태까지 목숨을 부지할 수 있었고요. 어차피 운검 가가의 얼굴을 한 번만이라도 다시 보고 싶어서 안내를 약속드린 것이니, 그때까지만 목숨을 연명하게 해주시면 됩니다."

"약속한다."

"고맙습니다. 그럼 이만."

"……."

위소소의 허락을 듣자마자 사뿐히 허리를 숙여 예를 갖춘 소금주가 다시 길 안내에 나섰다.

툭!

마치 실수인 양 냉요란의 어깨를 친 소금주가 혀를 살짝 내밀며 이죽거렸다.

"아줌마, 그거 알아?"

'아, 아줌마!'

"못생긴 주제에 거짓말만 일삼으면 거기에 털도 안 난대! 나중에 목욕할 때 꼭 살펴보라구!"

"뭐라!"

"아! 진짠가 부다!"

"……."

결국 냉요란의 입을 닫게 만든 소금주가 까르륵 웃어 보이며 앞서 걸어갔다.

백안천이 소금주.

강북 하오문의 지낭답게 결코 만만한 인질은 아니었다.

第十九章
오두룡탑(五頭龍塔)
그믐밤에 불을 지르니, 기다렸던 손님을 맞게 되었네!

華山劍宗

저벅저벅…….

북궁휘는 얼마 전까지 운검과 함께 묵고 있었던 대홍반점의 내부를 걸으며 이마에 깊은 골을 만들었다.

준미한 얼굴을 일그러뜨릴 만하다.

그 정도로 대홍반점의 내부는 처참했다. 얼마 전까지 활기차게 움직이던 사람들 모두가 한날한시에 몰살당했다. 내부를 가득 메운 피비린내와 더불어 환청처럼 전날의 비명성이 들려오는 것만 같다.

'단 한 명의 솜씨다! 이곳에서 살육을 벌인 건 바로 그자야!'

북궁휘는 사검을 떠올렸다.

처음으로 진짜 살아 있는 검의에 따라 유쾌하게 어울렸던 자!

그가 지금 눈앞에 펼쳐져 있는 참상의 주범임은 의심의 여지가 없다. 어느 누구보다 그와 검을 나눴던 북궁휘 자신이 그 점을 느끼고 있었다.

그렇다면 이제 어찌해야 하는가?

북궁휘는 신형을 돌려 대흥반점을 벗어나며 검미를 가볍게 꿈틀거려 보였다.

이미 마음의 결정은 오래전에 내린 상태다.

마지막으로 대흥반점의 참상을 둘러본 건 그 같은 마음에 화룡점정(畵龍點睛)을 하기 위함일 따름이었다.

쩔그렁!

영호준에게 운검에게 맡아둔 황금 열다섯 냥을 넘긴 북궁휘의 얼굴에 얼핏 미안함이 떠올랐다.

"사형에게 무거운 짐을 맡기게 되었습니다."

"아닙니다!"

영호준이 상기된 얼굴로 고개를 가로젓더니, 곧 분기 어린 목소리로 말했다.

"북궁 사제! 반드시 소 소저를 무사히 구해와야 합니다! 이건 사형으로서의 명령입니다!"

"명심하겠습니다. 그리고……."

"유옥 누님은 염려 마십시오! 제가 목숨을 걸고서라도 지키고 있을 테니까요!"

"사형만 믿겠습니다."

북궁휘가 슬쩍 입가에 미소를 만들어 보이자 문득 영호준의 두 눈이 붉게 달아올랐다.

그 역시 대홍반점의 처참한 살육 현장을 봤다.

얼떨결에 사형제가 된 후 친형제보다 가까워진 북궁휘가 그런 무지막지한 살인마의 뒤를 쫓아가려 하고 있다. 사부 운검이 떠날 때완 다른 불안감에 목이 메어온다.

'영호 사형…….'

북궁휘 역시 발걸음이 안 떨어지기는 매한가지다.

전형적인 열혈남아.

불의를 보면 물불을 가리지 않고 자신의 처지나 위태로움을 개의치 않는 존경할 만한 품성.

비록 나이는 자신보다 몇 살이나 어리나 북궁휘에게 영호준은 한 사람의 당당한 사나이였다. 멋진 대장부였다. 그렇기에 운검이 신신당부한 유옥을 맡기고 떠날 수 있다.

'이번 사건에는 구마련이 관계되어 있다. 결코 이대로 좌시하고만 있을 순 없다.'

내심 중얼거린 북궁휘가 영호준에게 한차례 고개를 숙여 보이고 신형을 돌려세웠다.

오두룡탑(五頭龍塔)

사검.

사부 운검과는 다른 관점에서 북궁휘에게 진정한 검의 즐거움을 알려준 자. 또한 이젠 과거의 유물이라 생각하고 있었던 구마련의 악몽을 일깨워 준 자.

그를 다시 만나기 위해 북궁휘는 홀홀단신으로 수해촌을 떠났다.

         *   *   *

합의대로 운검과 진영언은 낮 동안 풍암산을 오르지 않고 주변의 숲 속에 숨어 있었다. 산에 어둠이 깃들기만을 마냥 기다리며 시간을 죽였다.

당연히 체력 안배상 편한 자세와 마음가짐은 필수다.

분명 그렇긴 하다.

하지만 진영언이 보기에 운검은 지나칠 정도로 편해 보였다. 은신해 있는 주제에 바닥에 대 자로 눕더니, 입가에 침까지 묻힌 채 오수(午睡)를 아주 제대로 즐기는 것이었다.

'하아! 언제 기회가 오면 저 인간의 뇌를 끄집어내서 살펴보고 싶구나! 어떤 신경을 가졌길래 적진 한복판에서 저리 태평하게 퍼잘 수 있는 건지……'

진영언의 입가로 한숨이 절로 흘러나온다.

강남제일의 여걸.

여태까지 어떤 싸움에서도 나약한 모습을 보인 적이 없는 그녀지만 이번만은 긴장할 수밖에 없었다.

상대는 양부 권각무적 초삼제와 칠 주야를 싸우고도 승패를 가리지 못했던 권마 우금극이다. 사실상 현 녹림제일의 고수라 해도 과언이 아니었다.

당연히 이번 대전에서 진영언은 자신의 목숨까지 걸 작정을 하고 있었다. 그 정도 각오가 없인 권마 우금극의 안방인 강북에서 그의 목을 취할 생각을 하진 못했을 터였다.

'분명 그런 마음으로 장강을 넘었었다. 그런데 어쩌다가 이런 이상한 남자와 얽히게 된 것일까?'

운검을 바라보는 진영언의 눈빛이 가볍게 흔들린다.

알다가도 모르겠다!

눈앞에서 제 맘대로 퍼질러 자고 있는 운검에 대한 진영언 본인의 마음이었다.

그렇게 시간이 흘러갔다. 중천에 떠올라 있던 태양이 슬그머니 고개를 밑으로 떨구더니, 곧 풍암산 정상 위에 걸렸다. 산속의 해는 금세 진다.

"으아아함!"

운검이 그제야 한차례 기지개와 함께 자리에서 일어섰다. 손으로 눈곱을 떼어내는 모습이 가관이다. 적어도 그를 당장이라도 잡아먹을 듯 노려보고 있는 진영언에겐 그러하다.

"다 잤냐?"

"안 잤소? 이제부터 꽤나 바쁘게 움직여야 할 터인데?"
"하!"
진영언은 기가 막힌 심정을 짤막하게 표현했다. 운검이 그런 것에 신경 쓸 사람이 아니다.

그는 다시 한차례 기지개를 켜더니 허리에 힘을 주고 벌떡 자리에서 일어섰다.

톡! 톡!

가벼운 뜀뛰기.

그저 차가운 땅바닥에서 잠을 자느라 딱딱하게 굳은 몸의 근육을 풀어주는 것에 불과하나 묘하게 생동감이 넘쳐 보인다. 일반적으로 무인들이 본격적인 수련 전에 몸의 긴장을 푸는 것과는 조금 다르다.

진영언이 그 같은 점을 놓칠 리 없다.

"역시 명문정파의 제자답군. 몸의 근육을 푸는 방법이 그럴듯해."

"그냥 몸을 데우는 것에 불과하오. 산이란 곳이 참 요상해서 해가 지자마자 온도가 뚝 떨어지거든."

"요는 이제 움직일 생각이 들었다는 거로군?"

"물론이오. 오늘 밤 안으로 풍암산채로 침투해서 권마 우금극을 끝장내도록 합시다."

"갑자기 의욕이 넘치네?"

"다시 이런 축축한 땅바닥에서 잠자고 싶지 않을 뿐이오."

"그럼 산에 대해 잘 아는 분께서 앞장서야겠네?"

"어둠이 깃든 산행은 자칫 길을 잃기 십상이오. 내 뒤를 바짝 따라와야만 할 것이오."

"……"

진영언이 대답 대신 갸름한 고개를 슬쩍 치켜 올렸다. 잔말 말고 앞장서기나 하란 뜻이었다.

운검과 진영언이 대화를 가장한 말다툼을 하는 동안 풍암산 너머로 해가 완전히 넘어갔다.

순식간에 어둠이 몰려들기 시작한 풍암산.

은신해 있던 숲을 빠져나오고서도 해가 완벽하게 사라질 때까지 산행에 나서지 않고 있던 운검이 완벽한 어둠에 깃든 풍암산을 바라보며 씩 웃었다.

"마침 오늘은 그믐이라 달빛도 없어. 아주 좋군."

"설마 진짜로 풍암산채를 오늘 밤 당장 야습할 작정이냐?"

"물론이오. 그러기 위해 여태까지 은신해 있었던 것 아니오?"

"그렇긴 하지만……."

진영언이 말끝을 흐렸다. 운검이 지나치게 자신에 넘친다는 생각이 들었기 때문이다.

'아무리 산에서 오랫동안 지내왔다곤 해도 화산과 풍암산은 완전히 다르다. 산이 없는 강남에서 활동해 온 나도 그런 것쯤은 알아. 그런데 저 기이할 정도로 강한 자신감은 어디서 나오는 걸까?

진영언의 내심을 읽은 운검이 더욱 입가의 미소를 짙게 만들었다.

'흐음, 강남에 산이 없었던가? 그건 또 처음 들어본 말이구만.'

강남에 산이 아예 없진 않다.

다만 진영언이 주로 활동한 지역에 강북보다 높고 험한 산이 적었을 따름이다. 당장 안휘성(安徽省)엔 오악 중 하나인 황산(黃山)이나 구화산(九華山) 같은 불교 사대명산이 자리 잡고 있기도 하다.

순전히 진영언의 내심만으로 잘못된 정보를 인지하게 된 운검이 채근하듯 말했다.

"진 소저, 그래서 날 따라올 거요 말 거요?"

"따라가긴 하겠다만 그다지 믿음이 가진 않는다."

"믿음을 강요하고 싶진 않소. 하지만 풍암산을 오르는 동안 꽤나 많은 소로가 나올 테니까 내 뒤를 바짝 따라야만 할 것이오."

"그러도록 하지."

"그럼, 갑시다!"

운검이 마지못해 고개를 끄덕이는 진영언에게 다시 미소를 던지곤 풍암산 쪽으로 이동하기 시작했다. 단 두 명만으로 강북 녹림십팔채의 으뜸인 풍암산채 야습에 나선 것이다.

*　　　*　　　*

풍암산채.

강북 녹림십팔채 중 최고의 성세를 자랑하는 산채답게 그 위용이 웬만한 성채를 연상시킨다.

풍암산의 중턱에 불을 질러 거대한 공터를 만든 후 군진을 방불케 할 정도로 두텁고 높은 나무 목책으로 담을 만들었다. 웬만한 대병이 몰려와도 뚫기가 쉽지 않을 정도다.

그 안쪽을 보자.

몇십 개나 되는 전각이 자리 잡고 있다. 도시나 성읍에 있는 건물과는 달리 화려함과는 담을 쌓은 듯 극히 실용적인 구조뿐이다. 중심에 세워진 오층탑을 방어하는 용도를 다분히 포함하고 있었기 때문이다.

오층탑!

통칭 오두룡탑(五頭龍塔)이라 불리는 곳.

풍암산채주이자 강북 녹림의 총표파자인 권마 우금극과 심복들의 거처다. 풍암산채의 실질적인 최정예가 모여 있는 곳이란 뜻이다.

반면에 주변의 전각에는 일선에서 수금(통행료 상납)과 업

무(관군 및 무림문파와의 싸움)를 담당하고 있는 소채주 급들이 포진해 있었다. 그들은 전각을 하나씩 차지한 채 중앙의 오두룡탑을 은연중에 방어하고 있는 셈이었다.

그래서인가?

오두룡탑에 거주하고 있는 우금극의 심복들과 주변 전각의 소채주들의 사이엔 묘한 기류가 형성되어 있었다. 그들이 본래부터 풍암산채 소속이 아니라 우금극이 밖에서 영입해 온 고수들이었기 때문이다.

밖에서 굴러온 돌이 박힌 돌을 빼낸다!

우금극이 강북 녹림의 총표파자가 되기 전부터 풍암산채에서 잔뼈가 굵어온 소채주들의 속마음을 대변하는 말이다. 주군인 우금극이 오두룡탑에 든 심복들만 가까이하고 자신들의 충정을 몰라준다고 생각한 것이다.

하지만 그 같은 불만은 여태까지 겉으로 드러나지 않았다. 우금극을 호위하며 오두룡탑에 기거하는 자들이 하나같이 절정 급의 고수인데다 중간중간 상당히 큰 공적을 세운 것을 인정하지 않을 수 없었기 때문이다.

강자존(强者尊)!

무림뿐 아니라 녹림에서도 통용되는 말이다. 소채주들은 어쩔 수 없이 불만을 속으로 삼켜야만 했다.

문제는 오두룡탑에 기거하던 핵심 고수들인 오잔이 강남 녹림의 총표파자인 진영언을 사로잡으러 떠난 몇 달 후 벌어졌다. 우금극의 사부이자 풍암산채의 총호법인 금갑불괴 강패가 폐인의 몸으로 복귀한 후 그들의 전멸을 전해온 까닭이다.

강패와 오잔.

하나는 소채주들의 심정적인 지지를 받고 있던 구파의 수장이고, 다른 하나는 신파인 오두룡탑의 최고 고수들이었다.

그들이 한꺼번에 진영언에게 당했다는 소문은 곧 일파만파 풍암산채로 번져 나갔다. 그런 소문을 중단시켜야 할 임무가 있는 소채주들의 은밀한 묵인이 없다면 있을 수 없는 일이었다.

그 뒤.

지진과 같은 공포와 함께 풍암산채를 몰래 탈출하는 자들이 하나둘 생겨났음은 물론이었다.

저벅! 저벅! 저벅!

오두룡탑의 지하에 위치한 뇌옥을 향하고 있는 다부진 몸집을 지닌 사십대의 장년인이 있다. 움직임이 기묘할 정도로 묵직한 게 오 척을 간신히 넘겼을 정도인 신장에도 불구하고 전혀 작아 보이지 않는다.

권마 우금극.

강북 녹림의 총표파자임과 동시에 감숙성 일대에서 첫손에 꼽히는 권법의 고수였다.

그런 그의 인상은 지금 살짝 굳어 있었다. 오늘 밤 그로 하여금 뇌옥까지 내려오게 만든 자들에 대한 문초 결과를 얼마 전에 전해 들었기 때문이다.

'제기랄! 소채주들 중에 폐인이 된 사부 늙은이를 따르는 자들이 그렇게나 많을 줄이야!'

우금극이 지금 만나러 가는 인물은 얼마 전 평생의 무공을 모조리 잃은 폐인의 몸으로 풍암산채로 복귀한 금갑불괴 강패다.

그는 무공을 잃고서 정신이 약간 이상해졌다.

복귀하자마자 풍암산채 내부에 말도 안 되는 헛소문을 마구 퍼뜨려서 한 달 전쯤부터 뇌옥에 격리 수용을 시킬 수밖에 없었다. 본래는 곧바로 목을 베려 했으나 주변의 이목을 생각해서 수감시키는 선에서 끝을 낸 것이다.

문제는 우금극의 예상 밖으로 강패가 풍암산채 산적들에게 인기가 좋았다는 것이었다.

그가 지껄인 헛소리들이 곧바로 풍암산채 전체에 퍼졌고, 소채주들 중 일부마저 찬동하는 움직임을 보였다. 풍암산채 자체가 두 개 세력으로 나뉘기 일보 직전에 이르는 어처구니없는 상황에 놓이게 된 셈이다.

더군다나 강패에게 찬동한 소채주들은 근래 들어 노골적으로 우금극과 오두룡탑의 고수들에게 반감을 드러내고 있었다. 강패를 뇌옥에 격리 수용한 것을 트집 잡아 풍암산채 내부를 분열시키려 획책했다.

어쩔 수 없이 우금극은 지난 며칠간 그 같은 불만 세력을 숙청하는 데 전력을 기울여야만 했다. 이 같은 내부 분열은 결코 묵과할 수 없다는 판단에 의한 처리였다. 그 와중에 극렬분자로 분류된 몇 명의 소채주들을 제거한 건 심히 뼈아픈 일이라 아니 할 수 없었다.

'으드득! 이게 다 그 망령난 미치광이 때문이다! 오두룡탑의 최고 고수인 오잔이 정파의 끄나풀이란 헛소리를 내뱉다니!'

잠시 근래 처리한 일을 되짚어가던 우금극이 내심 이를 갈았다.

몇 번을 고쳐 생각해도 이번 일의 원흉인 강패를 결코 용서할 수 없었다. 한때 권법과 외공의 기본을 잠시 가르쳐 준 적이 있다고 사부 대접을 해줬던 게 후회가 될 지경이었다.

그러는 동안 우금극은 뇌옥에 도착했고, 몇 개나 되는 철문을 지나쳐서 결국 강패가 격리 수용되어 있는 독방 앞에 이르렀다.

끼이익!

오래된 철문이 열리며 소름 끼치는 기음을 낸다.

그와 함께 모습을 드러낸 강패의 모습은 과거의 그 사람이 맞는가 싶다.

쭈글쭈글한 주름으로 뒤덮인 얼굴.

뼈밖엔 보이지 않을 정도로 깡마른 몸.

족히 백 세는 되어 보이는 외양의 강패에게서 과거 금갑불괴라 불리던 외공의 절정고수다운 모습을 찾기란 쉽지 않다. 아예 사람 자체가 달라진 것 같다.

잠시 강패의 충격적일 정도로 변화한 모습을 바라보던 우금극이 입가에 한숨 하나를 매달았다.

"하아! 사부, 이젠 좀 정신이 들었소?"

"누구냐? 넌!"

"사부의 하나밖엔 없는 제자, 금극이올시다."

"금극?"

강패는 우금극의 이름을 한차례 되뇌더니, 입술을 실룩거려 보였다.

"케헬헬헬! 바보 멍텅구리 금극! 내 얼간이 제자 금극이 왔구나! 왔어!"

'저걸 그냥!'

우금극의 주먹에 불끈 힘이 들어갔다.

강패와 그는 본래 사이가 좋은 사제지간은 아니었다.

서로가 서로를 이용하는 존재랄까?

특히 우금극이 풍암산채의 채주에 오른 후부턴 더욱 그런 점이 심화되었다. 사부로서의 권위를 내세우는 강패의 요구를 우금극이 깨끗이 무시했기에 벌어진 일이다.

결국 강패는 자신의 수족이라 할 수 있는 녹의섬전수들을 데리고 풍암산채를 떠나기에 이르렀다. 계속해서 제자인 우금극에게 명령을 받는 것은 자존심이 허락지 않았기 때문이다.

그런데 느닷없이 폐인에 미치광이가 돼서 풍암산채로 복귀하다니!

우금극은 속에서 이는 천불을 억제하기 위해 엄청난 심력을 소모해야만 했다.

그때다. 괴소를 마친 강패가 갑자기 흰자위가 절반 이상 차지하고 있는 눈을 휘번득거리곤 말했다.

"금극아, 내 제자야!"

"말씀하시오."

"계속해서 참고 있지 말고 날 죽여주려무나!"

"그건 또 무슨 소리요?"

"나는 끝났다. 무인으로서 끝이 났고, 남자로서도 끝이 났다. 이제 아침이 와도 아랫도리가 꿈쩍도 하지를 않아. 이런 내가 더 이상 살아서 무엇 하겠느냐?"

"그렇게 죽고 싶으면 어째서 풍암산채로 돌아온 것이오? 사부가 돌아와서 헛소리를 퍼뜨리는 바람에 풍암산채가 둘로 나뉠 뻔했소이다!"

우금극의 언성이 슬쩍 올라갔다.

미치광이 강패에겐 할 말이 없다. 하지만 지금의 그는 왠지 제정신 같았다. 하는 말이 모두 사리에 맞고 폐인이 되기 전과 다르지 않다.

꿈틀.

강패가 눈을 다시 한차례 희번덕거렸다.

"금극아, 설마하니 풍암산채의 소채주들을 숙청한 것이냐?"

"사부가 내뱉은 헛소리를 계속 퍼뜨리며 풍암산채를 분열시키는 자들을 내 어찌 그냥 내버려 둘 수 있었겠소이까? 모두 내 손에 죽었소이다!"

"바보 멍텅구리 같은 녀석! 얼간이 같은 녀석을 내가 제자로 뒀었구나!"

"사부, 더 이상 날 모욕하지 마시오! 내 인내심에는 한계가 있소이다!"

"죽여라! 내가 전수해 준 금강항마기공을 실은 풍마회권으로 일격에 날 죽여줘라! 어서!"

"……."

우금극은 다시 눈을 희번덕거리며 마구 소리를 질러대는 강패를 지그시 바라보고만 있었다.

그사이.

몇 번이나 쥐락펴락해지고 있는 양 주먹.

문득 우금극의 뇌리로 여태까지 전혀 고려의 대상이 아니었던 가능성 하나가 스쳐 지나갔다.

'설마 진짜로 오잔이 정파에서 파견시킨 간자였단 말인가?

하지만 그들은 지난 십수 년간 내 수족이나 다름없었건만…….'

우금극을 망설이게 만든 건 강패의 현재 모습이었다.

사제지간이니만치 그는 강패의 성격이나 버릇을 꽤나 잘 알고 있었다.

자존심과 욕망덩어리!

강패의 인생에 있어 그 두 가지를 뺀다면 시체나 다름없었다. 다른 건 아예 아무것도 남지 않을 터였다.

그래서 그는 평상시 자신의 욕망만 만족될 수 있다면 무슨 짓이든 서슴없이 저질렀다. 거짓말 역시 밥 먹듯 했고, 설혹 들킨다 해도 별다른 죄책감을 느끼지 않았다.

다만 한 가지!

그런 그도 가끔은 진실을 말할 때가 있었다. 가뭄에 콩 나듯 그랬다.

재밌는 건 그의 무수히 많은 거짓말에 익숙해진 사람들에게 그 같은 사실을 부인당할 때 강패가 보이는 반응이었다. 그는 그 경우, 거의 반미치광이가 될 정도로 불같이 화를 내곤 했다. 거짓말을 들켰을 때의 대수롭지 않은 모습과는 확연히 구분되는 모습이었다.

지금 역시 그러했다.

방금 전까지 농담까지 섞어가며 우금극과 대화를 나누던 강패는 지금 거의 눈이 뒤집어져 길길이 날뛰고 있었다. 당장

게거품이라도 물 것 같다.

 그 점이 마음에 걸린 우금극이 오잔의 과거 행적에 대해 찬찬히 되짚어갔다. 혹시라도 자신이 간과하고 넘어간 일이 있었는지 다시 점검에 들어간 것이다.

 '없다! 오잔, 특히 첫 번째인 단섬도 안원은 여태까지 단 한 번도 내 명령을 어기거나 실수를 한 적이 없었다! 다른 녀석들은 종종 사소한 명령 불복종이나 사고를 쳤지만, 녀석은 완벽했어! 이상하게도 말야!'

 녹림.

 시쳇말로 산적이다.

 비록 강북 녹림십팔채 같은 거대 산채에 속한 자들은 규율이 제법 잡혀 있긴 하나 본성이 어디 가지 않는다. 이번만 해도 고작해야 몇 가지 낭설에 지레 겁먹고 풍암산채를 탈출한 자들이 부지기수였지 않은가.

 그런 점에서 볼 때 안원의 완벽함은 오히려 우금극에게 의심을 불러일으켰다.

 여태까지 절대적으로 믿고 있던 존재!

 완벽한 심복이라 생각했던 안원에게 한 점이나마 의혹을 품게 된 것이다.

 그때다.

 계속 두 눈을 까뒤집고 지랄발광을 떨고 있던 강패를 눈으로 좇고 있던 우금극의 미간에 내천자가 패였다. 갑자기 오두룡탑 부근에서 기묘한 소란이 일기 시작했음을 눈치 챈 까닭이다.

'침입자?'

근래 들어 다른 때보다 훨씬 철통같은 경계 태세가 펼쳐져 있는 풍암산채이고 보면 현실성이 떨어지는 일이다.

비록 우금극의 내공이 거의 화경에 근접했다곤 하나 이 정도 소란을 파악할 수 있는 범위는 기껏해야 이삼십 장 정도가 고작이었다. 오두룡탑을 호위하듯 세워져 있는 소채주들의 전각까지의 거리다.

'아니다! 소채주 녀석들 중에 아직도 불만 세력이 남아 있었을지도……'

의심은 의심을 낳는다.

강패로 인해 철석같이 믿고 있던 오잔에 대한 의심이 생기자 또 다른 의심이 뒤를 이었다. 우금극은 자신의 아성이라 할 수 있는 풍암산채에 속한 모든 것에 대해 확신을 갖지 못하게 되어버렸다.

슥!

곧바로 신형을 돌려세우는 우금극의 뒤로 강패의 기괴한 웃음소리가 울려 퍼졌다.

"케헬헬헬! 바보 제자야! 가냐? 가는 거야!"

'시끄러, 늙은이!'

우금극이 나직이 욕설을 퍼붓고 철문 밖으로 빠르게 걸음을 옮겼다.
 마음이 급했다.
 다시 미치광이가 된 강패의 광기를 받아줄 여유 따윈 없었다.

                    *   *   *

 화광충천!
 오두룡탑의 주변을 철통같이 에워싸고 있던 전각군 사이에서 치솟은 불길이 그믐의 하늘을 붉게 물들였다. 풍암산채 전체가 똑똑히 보일 정도로 커다란 화재다.
 특이한 건 풍아채의 외곽.
 높고 굳건한 나무 목책으로 이뤄진 담장이다. 전각군들이 화마에 휩싸인 이때도 그곳에는 어떠한 문제도 발생하지 않고 있었다.
 일순 밖으로부터의 침입이 아니란 오판을 범할 수 있는 상황!
 치솟는 불기둥에 놀라 성급히 전각에서 뛰쳐나온 몇 명의 소채주들 역시 그런 판단을 내렸다.
 "씨부럴! 어떤 개자식이 제 살 집에다가 불을 지른 거야!"
 "미친놈들! 아무리 채주님과 오두룡탑에 불만이 있기로서니, 작당모의를 한 것으로도 모자라 이런 개지랄을 떨다니!"

"씨발! 이 잡놈들아! 시끄럽게 떠들어대지 말고 일단 불부터 끄는 거다!"

"어떤 씨발놈이 욕을 하고 지랄이야!"

다양한 복장을 한 채 모습을 드러낸 소채주들은 자신이 아는 욕설이란 욕설은 모두 내뱉으며 수하들에게 명령을 내렸다. 어느 누구도 굳건한 목책을 힐끔 바라봤을 뿐 병장기를 뽑아 들지 않고 있었다.

홧김에 지른 불!

근래 우금극에 의해 자행된 대대적인 숙청에 불만을 품은 내부자의 단순방화로 이미 결론을 내린 것이다.

그러나 사람이란 게 항상 다 똑같은 생각을 하진 않는다.

산적이란 게 믿어지지 않을 정도로 일사불란하게 화재 진압을 진행하고 있던 소채주 중 한 명이 인상을 부욱 긁어 보였다. 그의 시선이 향한 곳은 오두룡탑이다.

"제기랄! 그런데 불을 싸지르려면 채주와 개자식들이 짱박혀 있는 오두룡탑에 지를 것이지, 어째서 애꿎게 주변에만 이런 개지랄을 떤 거냐?"

"그렇군. 중앙에 있는 오층탑을 불태웠어야 하는 거로군?"

"당연하지! 그런데 어떤 씹새끼가 소채주인 나한테 반말을 씨부려?"

"그건 미안하게 됐군."

"……."

오두룡탑을 바라본 소채주는 다시 입을 열 수 없었다. 혼란통에 그에게 다가온 운검의 죽엽수에 목덜미를 얻어맞고 순식간에 숨이 막혀 혼절해 버렸기 때문이다.

털썩!

자신의 죽엽수에 얻어맞고 바닥에 쓰러진 소채주를 힐끔 바라본 운검이 목 근처를 손가락으로 긁었다.

비록 앞서 척후에 나섰던 자에게 목책 중간에 나 있는 개구멍을 알아두긴 했으나 침입이 지나치게 쉬웠다. 나름대로 삼엄한 경계 경비가 펼쳐져 있는 상황인 점을 감안하지 않더라도 그랬다.

그런데 진영언에게 불을 싸지르게 시킨 후 전각에서 뛰쳐나와 우왕좌왕하는 산적들 틈에 살짝 끼어드는 것까지 그러했다. 슬쩍 맥이 빠지지 않을 수 없다.

하지만 생각해 보면 어쩔 수 없는 일이다.

갑작스런 방화에 당황한 산적들에게선 자연스레 강한 상념이 형성되었다. 그리고 그것들 중 상당수는 운검에게 곧바로 흘러들어 왔다.

원하지 않더라도 모든 상황이 일목요연하게 파악되었다.

특별히 노력할 필요도 없었다.

여기서 운검이 한 건 자연스레 흘러든 상념 중 몇 가지에 그럴듯한 반응을 보이는 것이었다.

그것만으로 그는 쉽사리 산적들의 동료 중 하나로 인식되었고 화재 현장에서 홀로 떨어져 나온 특이한 성품의 소채주에게 접근할 수 있었다.

'그래도 생각보다 풍암산채의 산적들 중엔 제법 괜찮은 자들이 많아. 이런 갑작스런 화재에도 후속 대처가 신속하고 크게 당황하는 자들이 없으니까.'

운검은 자신의 운이 오늘 밤 계속 지속되리라 생각하진 않았다. 이미 상대해 본 바 있는 오잔이나 금갑불괴 강패는 결코 만만한 상대가 아니었기 때문이다.

그때다. 주변 전각에 모조리 불을 질렀을뿐더러 제일 먼저 뛰쳐나온 소채주 중 몇을 때려눕히기까지 한 진영언이 멀리 화광을 배경으로 모습을 드러냈다.

스스슥!

야간인데도 불영신법을 극성으로 펼치자 진영언의 움직임은 그저 한줄기 야풍처럼 느껴질 지경이었다. 소채주 급 이하의 일반 산적들은 눈앞에서 발견하고도 헛것을 봤다는 착각을 할 법한 빠르기였다.

운검 역시 진영언의 움직임을 보진 못했다.

다만 그는 그녀가 애초에 약속했던 장소를 벗어난 자신을 향해 속으로 내지른 욕설을 느꼈다.

'갈수록 나에 대한 불만이 쌓여가고 있군. 이 정도 욕설을 들을 만큼 큰 잘못을 한 것 같진 않은데…….'

내심 중얼거린 운검이 막 자신을 발견한 진영언을 향해 한차례 손짓을 해 보였다.

사삭!

진영언이 별처럼 빛나는 눈으로 운검의 손짓을 응시하곤 바로 그의 앞에 이르렀다.

바로 이를 가는 소리가 튀어나온다.

"으득! 어째서 약속했던 장소를 벗어난 거냐?"

"잠시 사전조사에 나섰을 뿐이오."

"사전조사?"

"……"

운검이 대답 대신 자신의 부근에 쓰러져 있는 소채주 쪽을 손으로 가리켰다.

'복장으로 볼 때 소채주 급이군.'

진영언은 같은 녹림 출신답게 바로 정신을 잃은 소채주의 정체를 파악하곤 곧바로 그에게 다가가 발로 몇 차례 걷어찼다. 운검의 성품과 무공 능력을 대충 짐작하고 있는지라 곧바로 마혈과 아혈을 제압한 것이다.

운검이 미미하게 고개를 끄덕이곤 시선을 오두룡탑으로 던졌다.

"우리의 목표는 아무래도 저 탑인 것 같소."

"확실하겠지?"

"여기까지 와놓고도 내 실력을 의심하는 것이오?"

"흥!"

진영언이 냉소와 함께 고갯짓을 해 보였다. 흰소리 그만 하고 곧바로 오두룡탑으로 가자는 뜻이다.

씩!

운검이 입가에 흐릿한 미소를 담았다.

야습에 나서자마자 평상시와 확연히 달라진 진영언의 용의주도한 행동이 마음에 들었다. 일하기가 무척 편하다는 생각 역시 뒤따른다.

'이러다가 나, 진 소저와 함께 이인조 강도단이 되는 거 아닌지 모르겠군. 의외로 손발이 잘 맞아.'

내심 중얼거린 운검이 몇 걸음 걸어 진영언과 어깨를 나란히 했다.

"진 소저, 약속을 잊지 마시오."

"무슨 약속?"

"권마 우금극과 대결하기 전에 반드시 내 조언을 듣겠다는 거 말이오."

"약속한 건 지킨다. 하지만 우금극은 오늘 밤 이유 여하를 막론하고 내 손에 죽을 것이다!"

'어째서 우금극을 이리 증오하는지 모르겠군. 양부의 원한을 갚고 싶은 심정은 이해하지만, 묘하게도 개인적인 감정을 풀고자 하는 뜻도 포함되어 있는 것 같으니……'

운검이 내심 고개를 가로저었다. 진영언의 우금극에 대한 증오심의 원인이 어쩌면 딴 곳에 있을지도 모른다는 생각이 들었기 때문이다.

그때다. 주변을 에워싼 전각으로부터 화광이 충천하고 있는 와중에도 묘할 정도로 침묵에 잠겨 있던 오두룡탑에서 일단의 인물들이 모습을 드러냈다.

일남쌍괴(一男雙怪)!

오 척을 간신히 넘을 듯한 신장에 다부진 체격을 한 흑포 장년인과 인간의 형체만 간신히 유지하고 있는 두 명의 괴인.

풍암산채주이자 강북 녹림의 총표파자인 권마 우금극과 좌우호법인 일월쌍괴(日月雙怪)의 등장이었다. 우연찮게도 운검과 진영언이 막 오두룡탑으로 침입하려는 시점에 맞춰 밖으로 나온 것이다.

"노적!"

진영언이 나직한 일갈과 함께 우금극을 노리며 신형을 폭사해 갔다.

쉬아아악!

전력으로 펼쳐진 불영신법이 마치 질 좋은 비단폭을 찢어발기는 듯한 괴음을 일으켰다.

그 정도의 빠름.

진영언의 불영신법에는 기본이었다. 덕분에 미처 운검은 만류의 말조차 꺼낼 수 없었다.

'제길! 애초부터 나와의 약속을 지킬 생각 따윈 없었군!'

내심 혀를 찬 운검이 나름대로 최선을 다해 진영언의 뒤를 따랐다.

　우금극은 둘째 치고 그를 따라 모습을 드러낸 일월쌍괴!

　결코 만만한 상대가 아니란 판단이 들었다. 어쩌면 오늘 밤 자신의 운은 여기까지인지도 모른다는 생각 역시 뒤따랐음은 물론이다.

第二十章
탈혼백안(奪魂白眼)
소수현마경이 천사심공을 부르노니!

華山劍宗

일월쌍괴!

수년 전까지 하남성(河南省) 일대에서 활동하던 정사 중간의 절정고수들이다.

태양괴(太陽怪)와 월음괴(月陰怪).

각자 태양동자공(太陽童子功)과 월음마기(月陰魔氣)라는 기공을 연마한 두 사람은 본래 혼자 활동하다 십여 년 전 의기투합하여 함께 다니기 시작했다.

의기투합한 사연이 재밌다.

태양괴는 어린 시절 아무것도 모르고 태양동자공을 연마한 후 평생을 후회하며 살았다. 세상에 존재하는 모든 동자공

계열의 무공이 그러하듯 태양동자공 역시 남녀 간의 교합을 금기시했다. 단 한 번이라도 이를 어길 시 모든 무공을 잃어버리는 것이다.

당연히 청년이 된 후 태양괴가 겪은 좌절은 상상 이상의 것이었다. 양기가 마구 뻗치는 청년 시절부터 줄곧 동정을 지키기 위해 바늘로 허벅지를 무수히 찔러대야만 했다. 나중에는 찌를 자리를 발견하지 못할 지경이었다.

마찬가지로 월음괴가 익힌 월음마기 역시 큰 문제점이 있었다.

달의 기운을 몸 안에 받아들여 음기를 쌓는 내공 방식.

그것이 월음괴를 점차 여성스럽게 만들었다. 무공의 수위가 높아질수록 점차 수염이 없어지고 음경이 줄어들었다. 나중에는 여인을 봐도 전혀 색욕이 일지 않게 되었고, 오히려 젊고 양기 넘치는 사내에게 관심이 갔다.

음양역전현상!

월음괴는 자꾸만 모호해져만 가는 자신의 성 정체성에 괴로워서 반쯤 미쳐 갔다. 중간에 오죽하면 월음진기의 연마를 포기할 것을 진지하게 고민하기까지 했을 정도다.

그런 두 사람이 만났다.

한 사람은 여인과 교합을 하진 못하나 양기가 지나칠 정도로 치솟았고, 다른 한 사람은 점차 여성화가 되어 사내에게 지극한 관심을 갖는 몸이 되어버렸다.

어찌 한 번 보고 서로에게 호감을 느끼지 않을 것이며, 의기투합하지 않을 수 있겠는가!

두 사람은 그 만남 이후 본래의 이름을 버리고 태양괴와 월음괴가 되기를 주저치 않았다. 강호무림에 한 쌍으로 다니며 무수히 많은 괴사를 양산하기 시작한 일월쌍괴의 탄생이었다.

"감히!"
"건방지다!"

불영신법을 극상까지 펼친 진영언의 느닷없는 기습에 일월쌍괴가 연달아 경호성을 토해냈다.

그것만으로 끝일 리 없다.

그들은 어느새 주군인 우금극의 앞을 가로막아 서더니, 한 줄기 바람으로 변한 진영언을 향해 거의 동시에 쌍장을 뻗어내었다.

콰르릉!
스아아!

태양괴의 쌍장에서 쏟아진 건 적양장력(赤陽掌力)으로 태양동자공에 근본을 둔 극양의 수법이었다.

반면에 월음괴가 펼친 건 월음마기의 음한지기가 가득 담긴 월음빙장(月陰氷掌)이었다. 느닷없이 무림에서 보기 드문 음양이기의 공력을 한꺼번에 쏟아낸 것이다.

그럴 만했다.

우금극을 노리며 파고드는 진영언의 속도는 상상을 불허할 정도였다.

게다가 밤이었다.

화광이 충천하고 있긴 하나 대낮에 비길 바는 아니었다.

당연히 일월쌍괴로선 막대한 음양이기를 전방위적으로 쏟아내는 게 가장 쉬운 방어 수법이었다. 어떤 대단한 내공의 소유자라 할지라도 음양이기를 동시에 상대하는 데는 애를 먹게 마련이었기 때문이다.

그들의 생각대로였다.

진영언은 불영신법을 펼쳐 우금극에게 파고들다가 일월쌍괴의 음양이기 공격을 받고 깜짝 놀랐다. 삽시간에 음양이기의 침습을 당한 몸이 천근만근처럼 무거워졌기 때문이다.

결국 목표로 했던 우금극을 삼 장 앞에 둔 채로 진영언은 신형을 뒤로 빼내야만 했다.

스슥!

앞으로 치닫던 발끝을 교묘하게 비튼 진영언의 신형이 물찬 제비처럼 반대편으로 공중제비를 돌았다. 그 순간 체내에 침입한 음양이기의 상당 부분을 해소했음은 물론이었다.

하지만 그것으로 그녀의 유일한 기습 기회는 물 건너갔다.

바닥에 떨어져 내린 진영언의 안색은 이미 가볍게 일그러져 있었다. 그녀 역시 그 같은 점을 알고 있었기 때문이다.

'망할! 금갑불괴 강패나 오잔만 해도 상당히 까다로운 강적이었다. 그런데 언제 저런 괴물들까지 영입한 거지?'

진영언이 일월쌍괴 뒤에 서 있는 우금극을 향해 한쪽 아미를 살짝 치켜 보였다. 내심 끓어오르는 노화를 잠시 억누른 채 일월쌍괴와 우금극에 대한 탐색이 들어간 것이다.

그때다.

전광석화 같은 진영언과 일월쌍괴의 교전을 묵묵히 지켜보던 우금극의 얼굴에 반색이 떠올랐다.

"언 매! 언 매가 왔구나!"

"언 매? 누가 누구의 언 매란 거냐, 이 늙은 호색한아!"

진영언이 언제 탐색에 들어갔냐는 듯 우금극을 향해 냉갈을 터뜨렸다.

"허허허, 그 성깔은 여전하군! 여전해! 하긴 녹림왕의 안사람이 될 여인이라면 그 정도 성깔은 가지고 있어야 하지! 그렇고말고!"

'크악! 이 잡놈을 그냥!'

진영언은 일시 너무 화가 나서 일월쌍괴의 음양이기 공격조차 도외시한 채 우금극에게 달려들려 했다. 계속해서 자신을 마치 오랜만에 만난 정혼녀 취급 하는 우금극의 도발에 일순 피가 거꾸로 도는 기분이었다.

그때 운검이 뒤미처 진영언의 배후로 다가섰다. 그리고 곧바로 한마디를 던진다.

"거짓말은 나쁜 것이오!"

"뭐?"

"남에게 약속한 걸 까맣게 잊어먹는 버릇은 아주 나쁘다는 것이오."

'이 자식! 지금이 어떤 땐데……'

진영언은 운검을 힐끔 바라보곤 내심 투덜거리다가 흠칫 놀란 표정이 되었다. 방금 전까지 하늘에 닿을 듯 충천하고 있던 우금극에 대한 노화가 어느새 잔불 정도로 줄어들어 버렸음을 뒤늦게 깨달은 것이다.

운검이 그런 진영언에게 씩 웃어 보이고 일월쌍괴 쪽으로 몇 걸음 다가섰다.

"안녕하시오. 한쪽은 부끄럼을 타는 내 첫째 제자를 능가할 정도로 붉고, 다른 한쪽은 사내인지 여자인지 분간이 가지 않는 용모에 방금 찬물로 냉수욕을 한 것처럼 입술이 파랗구려."

"그게 어떻다는 것이냐?"

태양괴의 퉁명스런 대꾸에 운검이 입가의 미소를 더욱 짙게 만들었다.

"내가 무림에 대한 경험은 그다지 많지 않지만, 우연찮게도 십성의 경지에 도달하면 그 같은 특징을 보이는 무공들에 대해서 알고 있다는 뜻이오."

"헛소리!"

"헛소리가 아니란 걸 당장 증명할 수 있소이다. 하지만 만약 그리되면 두 분이 곤란해질 수 있으니, 이쯤에서 화제를 바꾸도록 하겠소이다."

"……."

침묵에 들어간 태양괴 대신 음양인 같은 외모의 월음괴가 독살스런 눈빛을 운검에게 던졌다. 당장 운검에게 달려들어 죽여 버리고 싶다는 표정이다.

운검이 어깨를 한차례 으쓱해 보였다. 월음괴의 독오른 시선을 받는 것만으로 왠지 등골이 서늘해 왔다.

만약 그의 월음마기를 직접 받기라도 하면 내공을 전혀 사용하지 못하는 그로선 꼼짝없이 한 덩어리의 얼음이 되는 걸 피할 수 없을 듯했다.

'잘도 이런 괴물들의 음양이기를 피해냈군. 어쩌면 진 소저의 경공은 내 생각보다 대단할지도 모르겠어. 하지만 지금은 이 괴물들과 우금극 사이를 이간질하는 데 집중할 때야. 한번 속마음 중 하나를 들춰내 볼까?'

내심 염두를 굴린 운검이 이번엔 황홀한 듯 진영언만을 바라보고 있는 우금극에게 시선을 던졌다. 일월쌍괴에게 떡밥을 던져 놨으니, 이번엔 진짜 목표인 우금극 차례였다.

"우 채주, 당신은 정말 영웅호걸이오!"

"영웅호걸?"

"그렇소! 내 당신 같은 영웅호걸은 근래에 본 적이 없소이다! 정말 대단하오!"
"자네는 나에 대해 잘 아는가?"
"이제부터 알아볼까 생각 중이오. 우 채주 같은 영웅호걸은 천하에 몇 명 없을 테니까 말이오."
"……."
우금극이 과거 의형이었던 권각무적 초삼제에게 녹림대연정을 제안한 건 사실 그의 양딸인 진영언에게 홀딱 반해서였다. 특별히 녹림제일인 따위가 될 야심 같은 건 없었다.
당연히 전날 오잔에게 진영언을 붙잡아 오라고 명령을 내린 것도 그녀가 강북으로 넘어와 녹림산채를 휘젓고 다녀서가 아니었다. 그냥 이번 기회에 풍암산채로 붙잡아다가 진지하게 구혼을 할 작정이었다.
그런데 오늘 제 발로 진영언이 풍암산채에 왔다.
기분이 좋지 않을 수 없었다. 사실 방금 전부터 입이 째지려는 걸 체면상 억지로 참고 있었다.
그런데 꽤나 젊고 준수한 운검이 모습을 드러냈다.
진영언과 자신 이상으로 친근한—누구한테나 반말을 하는 진영언의 버릇을 알기에 그녀의 욕설조차 우금극은 감미로운 밀어로 간주하고 있었다—대화도 나누고 있었다. 속에서 천불이 치솟는 걸 참기란 결코 쉬운 것이 아니었다.
그래서 운검의 아부에 가까운 칭찬에도 그다지 안색이 좋지 않았다. 오히려 기분이 나빠졌다. 어떻게든 이유를 만들어

때려죽이고 싶었기 때문이다.

 그 같은 우금극의 내심은 하나도 빠짐없이 운검에게 고스란히 전해졌다.

 '참 자기 감정에 솔직한 사내군. 어떤 식으로 진 소저에게 구애를 했을지 가히 짐작이 가는 바야.'

 운검은 비로소 우금극에 대한 얘기가 나올 때마다 필요 이상으로 화를 내던 진영언의 모습이 이해가 갔다. 자신 역시 이런 식으로 후안무치(厚顔無恥)하게 구애를 하는 자가 있다면 정말 증오스러울 것 같았기 때문이다.

 물론 그는 그런 내심을 결코 밖으로 표출하지 않았다.

 대신 자신의 낯간지러운 칭찬에 묵묵부답(默默不答)하고 있는 우금극에게 다시 한마디를 던졌다.

 "그런데 우 채주, 정말로 괜찮겠소이까?"

 "뭘 말하고 싶은 것인가?"

 "아무리 영웅호색이라지만, 강북 녹림십팔채 전체의 생사가 오락가락하는 판에 여인의 미모에만 빠져 있어도 괜찮겠냐고 묻는 것이오."

 '흥, 그럼 그렇지! 역시 뭔가 한 수를 숨기고 있는 놈이었구나! 그러니 언 매가 감히 미래의 남편 앞에 데려와 밀어를 나눈 걸 테지!'

 우금극은 내심 코웃음 쳤다.

 운검이 다른 의도를 숨긴 채 자신에게 아부에 가까운 칭찬을 일삼았음을 눈치 챈 까닭이다.

"크흐흐, 내가 언 매를 미래의 아내로 생각하고 있는 건 사실일세. 하지만 강북 녹림십팔채 전체의 생사가 오락가락한다니, 자존광대가 꽤나 지나친 것 아닌가?"

우금극의 흥소 섞인 반문을 접한 일월쌍괴가 곧바로 그의 내심을 눈치 챘다. 벌써부터 살기가 끓어오르던 참이다. 이제 곧 얄미운 운검을 죽일 수 있다는 생각이 들자 절로 웃음이 흘러나왔다.

"크하하하하!"

"오호호호호!"

운검은 웃지 않았다. 그렇다고 삼 인의 고수가 자신을 향해 쏟아 붓는 살기에 굴복한 것도 아니었다. 아직 떡밥은 충분할 정도로 남아 있었다.

"우 채주는 잘못 생각하셨소이다."

"뭘 잘못 생각했다는 거지?"

"강북 녹림십팔채 전체의 생사를 위태롭게 만든 건 내가 아니라 우 채주 본인이란 뜻이오."

"그건 또 어째서지?"

"그건 말할 수 없소."

"나와 말장난을 하자는 것이냐!"

우금극이 퍼붓는 살기가 조금 더 강렬해졌다. 이젠 내력을 운용하지 못하는 운검이 버텨내기엔 한계였다. 내심 몰래 호흡을 돌려서 체내에 파고든 살기를 배출해 낸 운검이 말했다.

"내가 우 채주에게 곧바로 말을 못하는 건 앞서 대화했던 분들의 명예 때문이오. 하지만 그로 인해 강북 녹림십팔채 전체가 위기에 처할 수도 있다는 것 또한 사실이오. 그렇지 않소, 두 분!"

"……."

운검은 일부러 강조한 뒷말을 우금극이 아닌 일월쌍괴에게 던졌다. 떡밥을 문 대어를 낚아 올리기 위함이었다.

과연 일월쌍괴는 운검의 기대를 저버리지 않았다.

스슥!

사삭!

이미 살기를 있는 대로 끌어올리고 있던 태양괴와 월음괴가 거의 동시에 운검을 노리며 파고들었다. 진영언이 우금극을 기습해 갈 때보다 오히려 더욱 강력한 음양이기를 쏟아내었음은 물론이었다.

"진 소저!"

운검은 이미 일월쌍괴가 자신의 입을 봉하기 위해 습격해 올 것을 알고 있었다.

스슥!

진영언에게 구원을 요청하며 그는 재빨리 구궁보를 밟았다. 진영언을 방패막이 삼아 일월쌍괴의 공격을 피하려는 의도였다.

'망할 인간!'

진영언은 내심 기가 막혀하면서도 불영신법을 펼쳐 바람같이 운검의 앞을 가로막아 섰다.

눈부시게 움직인 일권일타!

일월쌍괴의 음양이기를 억지로 받아낸 진영언이 곧바로 광풍백연타를 펼쳐 냈다. 음양이기의 침습으로 몸이 완전히 굳어버리기 전에 한 번이라도 더 공격을 가하기 위함이었다.

파곽!

파파파곽!

진영언이 펼친 광풍백연타와 일월쌍괴의 적양장력, 월음빙장이 공중에서 격렬한 충돌을 일으켰다. 권각과 음양이기의 장력이 아무것도 없는 허공중에서 맞부딪쳐 요란한 폭발음을 연속적으로 토해냈다.

'진 소저… 오래 못 버티겠군…….'

진영언을 일견하고 내심 고개를 가로저은 운검이 얼른 우금극에게 소리쳤다.

"우 채주, 정녕 강북 녹림십팔채를 천하무림의 공적으로 만들 셈이시오!"

"……."

이번엔 우금극도 곧바로 헛소리란 소릴 내뱉지 않았다. 일월쌍괴가 살인멸구(殺人滅口)를 하기 위해 운검에게 달려든 걸 두 눈으로 똑똑히 확인했기 때문이다.

지하 뇌옥에서 사부 강패를 만난 직후 얻은 의심병!

그것이 다시 고개를 든다.

'일월쌍괴에겐 분명히 남의 귀에 들어가선 안 될 큰 비밀이 있다. 그건 확실해. 그런데 어떤 비밀이기에 강북 녹림십팔채를 무림공적으로 만들 수 있는 거지? 설마! 그건가…….'

우금극은 뇌리로 문득 끔찍한 가정 하나가 스쳐 갔다.

다른 때라면 그저 일소하고 말았을 터다.

그러나 운검이 방금 전에 던진 떡밥을 일월쌍괴는 너무나 절묘하게 받아 물었다. 우금극으로선 반드시 확인해야만 할 필요성을 느낄 수밖에 없다.

"일월쌍괴에게 어떤 문제가 있는지 털어놔라!"

"그걸 정말 몰라서 물으시는 거요? 그들 때문에 풍암산채를 비롯한 강북 녹림십팔채는 시체의 산으로 뒤덮이고 말 것이오!"

"으음……."

우금극의 입에서 앓는 듯한 신음이 흘러나왔다. 이미 고개를 완전히 치켜든 의심이란 괴물은 이제 더 이상 돌이킬 수 없을 정도로 커져 버렸다.

일월쌍괴라고 귀가 없진 않다.

눈도 일반인보다 훨씬 좋았다.

그들은 운검과 우금극 간에 오고 간 대화와 우금극의 표정 변화를 진영언을 합공하는 동안에도 계속 주시하고 있었다.

마음이 다급해지지 않을 수 없다.

"월음괴! 아무래도 저 개 같은 종자한테 채주님이 넘어간 것 같다!"

"채주님은 무슨! 쓰레기 같은 놈! 풍암산채에 투신한 지난 수년간 온갖 더러운 일을 다 처리하고 충성을 바쳤건만, 순식간에 우릴 내쳐 버리다니!"

"어떻게 하지?"

"정랑, 어차피 우리 사일 눈치 챈 자가 나타났으니, 이곳에는 더 남아 있을 수 없어요! 당장 무의미한 싸움을 멈추고 떠나도록 해요!"

"그러자! 우리 둘이 함께라면 어딜 가든 두려울 게 없다!"

전음입밀로 월음괴와 비감한 대화를 끝낸 태양괴가 진영언을 향해 연달아 적양장력을 쏟아내곤 얼른 월음괴의 손을 맞잡았다.

콰악!

세상의 무엇으로도 갈라놓을 수 없을 정도로 서로의 손을 단단히 맞잡은 일월쌍괴가 곧바로 신형을 날렸다. 여태까지 죽일 듯이 싸웠던 진영언을 놔둔 채 풍암산채 탈출에 나선 것이었다.

"허!"

우금극의 입에서 앓는 듯한 탄성이 터져 나왔다. 일월쌍괴의 느닷없는 도주에 잠시 넋을 잃고 말았다.

"노적!"

 진영언이 다시 절호의 기회를 잡았다 여겼다. 이번만은 절대로 놓칠 수 없었다.

 냉갈과 함께 그녀의 신형이 번개같이 우금극을 덮쳐 갔다. 이번에야말로 그를 일격에 요절내 버릴 작정이었다.

 파곽!

 진영언은 이번에도 자신의 뜻을 이루지 못했다. 느닷없이 날아든 암기에 또다시 방해를 받고 만 것이다.

 "어떤 개자식이야!"

 "나는 개자식이 아니오."

 진영언에게 두 번째로 암향십삼탄을 펼친 운검이 분노에 찬 그녀의 욕설을 얼른 정정해 줬다.

 물론 그것만으로 끝일 리 없다. 그는 분노에 찬 진영언이 펼칠지도 모를 공격에 대비해 우금극의 뒤로 숨어주는 준비성도 결코 잊어버리진 않았다.

 '배신이냐!'

 진영언은 내심 하도 기가 막혀서 잠시 입을 벌린 채 딱딱하게 굳어버렸다.

 우금극 역시 다를 바 없었다.

 그는 자신의 뒤에 몸을 숨긴 운검을 역시 어처구니없다는 듯 바라보다 한숨과 함께 말했다.

"하아, 자네는 도대체 뭐 하는 사람인가?"

"운검이오."

"운검? 그게 이름인가?"

"그렇소."

"그렇군. 그럼 나한테 바라는 건 뭔가?"

"간단하오. 어째서 열 명의 미녀를 권각무적 초삼제 선배에게 선물로 보냈는지 진실을 밝히면 되오."

"그, 그건……."

우금극이 갑자기 말을 더듬더니 안색을 붉게 물들였다. 슬그머니 진영언 쪽을 힐끔거리는 게 가관이다. 운검은 굳이 천사심공의 도움을 받지 않고서도 전후의 사정을 짐작할 수 있을 듯했다.

'쳇, 아무리 사랑이란 국경도 없다지만…….'

내심 혀를 찬 운검이 우금극에게 다소 퉁명스럽게 말했다.

"진 소저는 우 채주가 초삼제 선배에게 미녀를 보내서 독살을 했다고 여기고 있소. 거기에 대한 제대로 된 해명이 없다면, 앞으로 우 채주의 앞길은 심히 괴로울 것이오. 오늘 일월쌍괴, 두 사람을 놓쳤으니 말요."

"협박하는 것인가?"

"일월쌍괴가 풍암산채의 호법을 하고 있었다는 걸 아는 사람은 적지 않소. 우리 외에도 그 사실을 아는 자가 있다는 것이오."

"흥! 그러니 어설프게 살인멸구 같은 걸 시도할 생각은 말라는 거로군?"

"솔직히 말해서 일월쌍괴의 도움 없이 살인멸구를 시도하기도 그리 쉽진 않을 거요. 진 소저의 보신경은 무림에서도 따를 자가 그리 많지 않으니까."

'그렇긴 하지. 확실히 언 매의 경공은 대단해. 설혹 내가 전력을 다한다 해도 그녀가 달아나려 한다면 반드시 붙잡는다고 장담할 순 없을 것이다!'

내심 운검의 말이 사리에 합당하다 판단한 우금극이 진영언에게 떨떠름한 표정으로 고백했다.

"언 매, 실은 초 대형과 나는 약속을 했었던 거다."

"무슨 약속을 했다는 거냐?"

"사나이 대 사나이끼리의 약속이었지!"

"그러니까 그게 뭐냐고!"

진영언이 다시 폭발할 것같이 언성을 높이자 우금극이 슬그머니 목소리를 낮췄다.

"초 대형은 내게 강북의 미녀 열 명을 자신의 생일날까지 보내주면 언 매와의 혼인을 허락해 주겠다고 하셨었다. 그래서……."

"닥쳐! 아버님이 그런 말도 안 되는 약속을 하셨을 리 없다! 없다구!"

"하지만 그건 사실이었다! 어찌 내가 의형인 초 대형을 독살할 리 있겠느냐? 초 대형과 나는 언 매도 알다시피 꽤나 각별한 사이였다!"

"……."

진영언은 다시 발끈해서 소리를 지르려다 운검과 시선이 마주쳤다.

휙! 휙!

운검의 가볍게 휘저어지는 손짓!

우금극의 말이 사실이란 뜻이었다. 여태까지 진영언이 우금극을 향해 불태웠던 복수심이 전혀 의미없는 짓이었단 뜻이기도 했다.

'어, 어떻게 그럴 수가!'

진영언의 뇌리로 생일 직전, 이젠 슬슬 시집갈 때가 된 것 같다고 말하던 의부 초삼제의 모습이 주마등처럼 스쳐 지나갔다. 당시엔 별 의미 없이 받아들였으나 지금 와서 다시 생각해 보니, 이미 우금극과 약속을 해놨던 것임이 분명하다.

털썩!

다리에 힘이 풀려 바닥에 주저앉은 진영언이 떠듬거리며 말했다.

"그, 그럼 어째서 그 여자들이 모두 독단을 깨물고 죽은 거지? 어째서?"

"강남 녹림의 총표파자가 죽었소. 누구든 책임질 희생양이 필요하지 않았겠소?"

"그럼 그녀들은……."

"하나같이 빼어난 미녀들이었다니, 실제로 독단을 깨물고 죽진 않았을 거요. 아마 사건을 조사하던 강남의 녹림도들 중 누군가가 빼돌렸겠지."

"……."

진영언이 아예 바닥에 드러누워 버렸다.

일월쌍괴의 음양이기.

억지로 그들의 합공을 백여 합이나 받아냈다. 몸에 탈이 생기지 않았을 리 없다.

운검이 한숨과 함께 진영언을 향해 걸어갔다. 역시 그녀에게 다가가려던 우금극에게 손을 내저어 뒤로 물러서게 만든 직후였다.

'뭐, 이걸로 은원 한 건 해결인 건가?'

진영언의 늘씬한 몸을 들어 올리며 운검이 입가에 흐릿한 미소를 매달았다.

* * *

한 달이 조금 지났을까?

강북 하오문의 압도적인 지원 속에 소금주의 안내를 받으며 위소소 일행은 목표로 했던 감숙성 천수를 앞에 뒀다. 한 치의 오차도 없이 운검과 진영언이 거쳐 간 길을 고스란히 쫓아온 결과였다.

"천수에서 풍암산까지는 기껏해야 한나절 거리예요. 이젠 제 안내도 끝이란 거죠."

"예쁜 동생, 설마하니 여기까지 와서 풍암산까진 안내하지 않겠다고 말하려는 건 아닐 테지?"

"본래 정파와 마도, 사마외도가 한자리에 있지 못하는 것처럼 하오문과 녹림은 서로 간의 영역을 절대 침범하지 않아요. 설사 제 목에 칼을 갖다 대신다 해도 풍암산까진 갈 수 없어요."

"예쁜 동생, 그런 말을 하면……."

단호한 소금주의 말에 얼른 주의를 주려던 냉요란이 말을 채 끝맺지 못했다.

스팟!

어느새 소금주의 목에 닿아져 있는 검인(劍刃) 하나.

오랜만에 위소소의 그림자 속에서 모습을 드러낸 사검의 검이다. 그의 입에서 음산한 목소리가 흘러나왔다.

"고개만 끄덕여라! 그대로 베어주마!"

"……."

소금주는 고개를 끄덕이는 대신 좌우로 연신 잘래잘래 흔들었다.

아직 꽃다운 나이.

인간의 감정 같은 건 눈곱만큼도 없어 보이는 사검의 검에 목이 잘려 죽고 싶은 생각이 있을 리 만무하다.
'이 인간! 만약 진짜로 고개를 끄덕이면 가차없이 어여쁘고 가냘픈 내 목을 잘라 버릴 거야!'
소금주는 어느 때보다 강한 확신을 느꼈다. 오싹한 두려움 역시 함께다.
그러는 사이 사검은 다시 모습을 감췄다. 언제 발검을 해서 소금주의 목을 베어버리겠다고 협박했는가 싶다.
'진짜 베어버리는 줄 알았네!'
냉요란이 얼른 소금주에게 달려가 그녀의 작은 몸을 끌어안고는 고개를 가볍게 흔들어 보였다. 사검이 순간적으로 뿜어낸 살기를 떨쳐 내기라도 하려는 것 같다.
그러나 곧 정신을 되찾은 소금주가 자신을 끌어안고 있는 냉요란을 양손으로 밀어냈다.
지난 한 달.
여전히 그녀는 냉요란을 싫어하고 있었다. 그 마음이 절대로 변할 것 같진 않았다.
"그럼, 지금 당장 풍암산으로 가죠. 어차피 나는 일종의 인질인 셈이니까 강북 녹림의 총표파자인 권마 우금극 선배도 규약을 어겼다고 화를 내진 않으시겠죠 뭐."
"헤에, 강북 녹림의 총표파자가 있는 곳으로 가는 건가?"
냉요란의 입에서 가벼운 탄성이 터져 나왔다. 비록 보잘것

없는 녹림이라 할지라도 최고의 위치에 오른 자는 뭔가 특별한 점이 있으리란 생각이 들었기 때문이다.

"권마 우금극. 강한가?"

갑작스런 위소소의 질문에 냉요란이 얼른 시선을 소금주에게 던졌다. 얼른 대답하지 않으면 또다시 사검의 검이 날아들 것임을 눈짓으로 알려준 것이었다.

"강하죠. 감숙성에서 권법으론 최고의 고수니까요. 하지만 그보다 더욱 대단한 건 그가 거느린 풍암산채예요. 강북 녹림 십팔채 중 으뜸의 세력과 전력을 자랑하는 곳이니까요."

"사패나 구대문파와 비교하면 어떻지?"

"그건 어려운 말이네요."

"정확할 필요는 없다."

"뭐, 제 사견을 곁들여 말하자면, 사패보다는 확실히 약한 게 분명하고 구대문파 중 현재 가장 약하다고 평가받는 화산파 정도하곤 호각이나 조금 더 강한 정도가 아닐까 싶네요."

"구대문파의 하나와 비교가 될 정도의 전력이란 거냐?"

"과거의 구대문파가 아니니까요. 구마련과의 대전에서 가장 큰 타격을 입은 게 화산파예요. 그래서 지금은 전날의 영역을 모조리 잃고 고작해야 화산이 위치한 화음현 정도만 세력권하에 두고 있다고 하더군요. 그래도 워낙 문파의 저력이 있어서 숨은 고수가 있을지도 모르긴 하지만요. 일단 겉으로 드러난 전력으로만 보자면 그래요."

"그렇군."

위소소가 미미하게 고개를 끄덕여 보였다. 생각했던 것보다 소금주의 분석이 꽤나 대단하단 생각이 든 까닭이다.

'아아, 궁금해라! 도대체 저 방립과 피풍의 안쪽에 들어가 있는 알맹이는 어떠할까? 절세의 미녀? 아니면 희대의 추물? 정말 궁금하고 또 궁금하구나!'

소금주가 다시 입을 굳건히 닫은 위소소 쪽을 한차례 바라본 후 풍암산 쪽으로 걸음을 옮기기 시작했다.

문득 뇌리에 떠오른 생각 하나.

'그런데 나, 지금 잘하고 있는 건가? 운검 가가와 영언 언니가 대단하긴 하지만 이 사람들 정말 괴물들인데……'

소금주의 귀여운 얼굴로 그림자 하나가 슬며시 지나쳐 갔다. 언제나 자신만만한 그녀답지 않은 모습이었다.

* * *

운검과 진영언은 풍암산채에서 사흘이 넘도록 머물렀다.

이유는 하나다.

일월쌍괴의 음양이기에 침습을 당한 진영언의 치료가 끝나지 않아서였다.

'역시 우 채주는 대장부야! 초삼제 선배와의 더러운 뒷거

래를 털어놓고서도 계속 진 소저에게 찝쩍대길 포기하지 않고 있으니…….'

운검은 풍암산채를 벗어나 근방을 이리저리 산책하고 있었다. 자신의 손을 꼬옥 부여잡고 진영언의 내상 치료를 맡겨 달라던 우금극의 진지한 얼굴이 떠올라 슬그머니 미소가 나온다. 의외로 귀여운 일면이 있다는 생각이 들어서다.

어슬렁… 어슬렁…….

운검은 아주 오랜만에 아무런 목적 없이 주변을 배회했다. 과거 화산에서는 곧잘 하던 짓인데, 근래 들어 조금 바쁘게 지내온 것 같다.

'뭐, 이런 게으름도 나쁘지 않군. 나중에 제자들에게 내가 깨달은 모든 무공을 전수한 후에 남은 여생을 이렇게 보내는 것도 한번 고려해 볼 만하겠어.'

내심 중얼거린 운검의 뇌리로 사고뭉치 영호준과 천재 북궁휘의 잘생긴 얼굴이 슬그머니 스쳐 갔다. 생면부지의 여동생일 가능성이 높은 유옥과 생글거리며 잘도 웃는 소금주 역시 은근히 보고 싶었다.

화산을 떠난 지 기껏해야 수개월.

어느새 이만큼이나 많은 인연을 맺게 된 것이다.

"후후, 오늘이나 내일쯤이면 진 소저의 내상 치료가 완전히 끝난다고 했으렷다! 우 채주에겐 좀 미안하지만 오늘 밤쯤 진 소저에게 찾아가서 그만 떠나자고 해야겠군."

떠날 때를 생각하자 마음이 조금 급해진다.

운검은 갑자기 풍암산 산책에 흥미를 잃고 발길을 돌렸다. 아무 생각 없이 걷는 동안에 풍암산채에서 꽤나 먼 곳까지 와 버렸다.

바로 그때다.

두근!

운검의 심장이 세차게 뛰놀았다.

전날 냉요란을 만났을 때완 비교조차 되지 않을 정도다. 당장 심장이 폭발할 것 같았다. 그 정도로 강한 고통이 심장으로부터 시작해 전신 경맥 전체를 향해 폭풍처럼 퍼져 나갔다.

'어째서!'

운검은 내심 비명을 질렀다.

심장에 박혀서 옴짝달싹하지 않고 있던 마정이 녹아내리기 시작했다. 손쓸 새도 없이 벌어진 일이었다.

번뜩!

심장 부근에 손을 갖다 댄 채로 운검의 동작이 멈췄다.

어느새 검은자가 사라진 두 눈.

과거 무수히 많은 사마외도들로부터 존엄의 대상이 되었던 탈혼백안(奪魂白眼)의 재림이었다.

"오, 오라버니?"

운검의 탈혼백안이 목소리가 들려온 쪽을 천천히 돌아갔다. 천사심공과 한 쌍을 이루는 소수현마경을 익힌 소수여제 위소소라 불리는 여인을 확인하기 위함이었다.
"우하핫!"
운검의 입에서 그답지 않은 마성(魔性)이 가득한 대소가 터져 나왔다.

『화산검종』 제2권 끝

새델 크로이츠
—화사무쌍 편

새델 크로이츠 전 2권
이영영 판타지 장편 소설

『가즈나이트』의 명성과 신화를 넘어설
이영영의 판타지의 새로운 상상력!

자신만의 독특한 세계관을 창조한 작가
이영영의 새로운 도전과 신선한 충격.

바란투로스의 특수부대 새델 크로이츠의 리더 파렌 콘스탄.
야만족을 돕는 안개술사를 물리치기 위해 아시엔 대륙에서 온
불을 뿜는 요괴 소녀 카샤.
너무나 다른 두 사람이 운명의 길에서 만나다.
친구란 이름으로 시작된 모험, 그 앞에 놓인 난관과 운명의 끈은
어떻게 될 것인지…….

"질투가 날 만도 하지. 요괴가 산신령을 엄마로 두는 건 흔한 일이 아니거든.
괜찮다, 파렌. 본좌가 아는 요괴들 전부 본좌를 질투하고 부러워하니까."
소녀는 손에 잔뜩 받은 빗물을 훌쩍 마셨다.
파렌은 그 순수함에 웃음을 흘렸다.
그는 지금까지 자신이 봤던 그녀의 기이한 행동들을 어렴풋이나마 이해할 수 있을 것 같았다.
그렇게 친구가 된 둘은 그 길로 긴 여행을 떠나게 된다.

—본문 중에—

세상을 보는 또 하나의 창 - inthebook.net
유행이 아닌 자유추구 - chungeoram.net

Book Publishing CHUNGEORAM

BOOK Publishing CHUNGEORAM

fly me to the moon
플라이 미 투 더 문

새로운 느낌의 로맨스가 다가온다!

판타지의 대가 이수영 작가의 신작!
드디어 판매 카운트다운!

플라이 미 투 더 문 | 이수영 지음

**판타지의 대가, 이수영. 그녀가 선보이는 첫 번째 사랑이야기.
사랑, 질투, 음모, 욕망……
상상한 것 이상의 절애(切愛), 그 잔혹한 사랑이 시작된다.**

온전히, 그의 손에 떨어진 꽃. 잡았다.
짐승의 왕은 즐거웠다.

인간, 그리고 인간이 아닌 자.
절대로 이어질 수 없는 두 운명이 만났다!
사랑 혹은 숙명.
너일 수밖에 없는 愛.

1998년 〈귀환병 이야기〉
2000년 〈암흑 제국의 패러이어드〉
2002년 〈쿠베린〉
2005년 〈사나운 새벽〉

그리고 2007년,
『FLY ME TO THE MOON』

세상을 보는 또 하나의 창 - inthebook.net
유행이 아닌 자유추구 - chungeoram.net

BOOK Publishing CHUNGEORAM

THE CHRONICLES OF EARTH
DEJA VU

지구환 연대기 : 기시감 전 2권
이재창 SF 장편 소설

지구환 연대기 기시감

인공적으로 만드는 석양이 잘 꾸며진 정원과 가로수를
붉게 물들였다.
하지만 태양은 이미 오래전에 거리라고 하기도 어려운 저
편으로 사라졌다. 어차피 마찬가지기는 했다.
타키온 드라이브가 시작되는 순간 빛은 존재하지 않았다.
설령 태양이 바로 옆에 있다 해도 빛이 우주선을 따라오
지 못했다.
타키온 드라이브의 우주에서 빛은 존재가 아니라 단순히
어둠의 부재에 불과했다.
그것이 타키온 드라이브였다.
타키온 드라이브는 그 본질상 초광속으로 움직이지
않을 수 없다.
말 그대로 빛보다 빨리 움직여야만 한다.
그것이 타키온 드라이브의 운명이고 결론이다.

STORY LINE

인간이 타키온 드라이브라는 초광속 운항법으로 항성간 여행을 자유롭게 할 수 있게 된 미래
수학자 석아찬은 지구에서 출발하는 심우주 탐사선 게이트에 몸을 싣는다.
그러나 게이트를 통제하는 인공지능 로가디아와 이천여 명의 승무원과 함께하는 항해의 평화로움은 얼마 가지
못하고 우주선은 외계문명에게 습격을 받아 사람이 중발하는 전대미문의 사고가 생기기 시작한다.

 세상을 보는 또 하나의 창 - **inthebook.net**
유행이 아닌 자유추구 - **chungeoram.net**

Book Publishing CHUNGEORAM

BOOK Publishing CHUNGEORAM

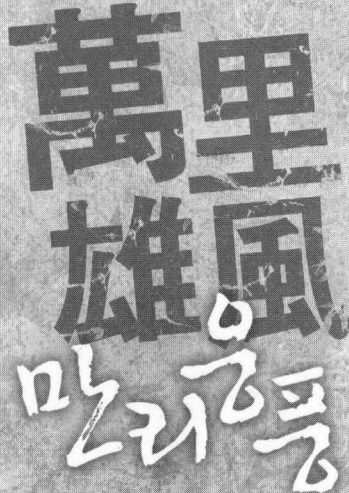

만리웅풍 | 월인 지음 | 8,000원

『두령』,『사마쌍협』,『천룡신무』, 그리고『만리웅풍(萬里雄風)』
최고의 신무협 작가 월인, 그가 새롭게 선보이는 철혈 영웅의 이야기.

천지현황(天地玄黃)!
하늘은 검고 땅은 누르다.

끝없이 검고 누르게 펼쳐진 이 하늘아래, 땅 위에!
내가 믿고 의지할 수 있는 것은 오직 내 주먹과 몸뚱이뿐.

내 주먹이 꺾이는 날, 내 인생도 꺾이고 나는 한 마리 쥐새끼로 전락할 것이다.

절대로 질 수 없다!
죽는 한이 있어도 질 수는 없다!

유행이 아닌 자유추구 -
WWW.chungeoram.com

BOOK Publishing CHUNGEORAM

BOOK Publishing CHUNGEORAM

fly me to the moon 플라이 미 투 더 문

새로운 느낌의 로맨스가 다가온다!

판타지의 대가 이수영 작가의 신작!
드디어 판매 카운트다운!

플라이 미 투 더 문 | 이수영 지음

판타지의 대가, 이수영. 그녀가 선보이는 첫 번째 사랑이야기.
사랑, 질투, 음모, 욕망……
상상한 것 이상의 절애(切愛), 그 잔혹한 사랑이 시작된다.

온전히, 그의 손에 떨어진 꽃. 잡았다.
짐승의 왕은 즐거웠다.

인간, 그리고 인간이 아닌 자.
절대로 이어질 수 없는 두 운명이 만났다!
사랑 혹은 숙명.
너일 수밖에 없는 愛.

1998년 〈귀환병 이야기〉
2000년 〈암흑 제국의 패러디어드〉
2002년 〈쿠베린〉
2005년 〈사나운 새벽〉

그리고 2007년,
『FLY ME TO THE MOON』

유행이 아닌 자유추구 -
WWW.chungeoram.com
BOOK Publishing CHUNGEORAM

BOOK Publishing CHUNGEORAM

눈길발길 쏙쏙 끄는 **비법이 가득!**
왕성한 가게 만드는

잘나가는 가게 노하우 151가지

고다 유조 지음
김진연 옮김
가격 9,800원

물건이 팔리지 않는 시대!
왕성한 가게 만드는 비법이 가득!

가게 안에 웅덩이를 만들어라
조명만 조금 바꿔도 매출이 팍 늘어난다
보기 쉽고, 집기 쉬운 가게 배치는 '경기장 형'이 최고 등등
가게에 실제로 적용했을 때 매출이 오른 노하우만 알차게 수록
외관, 입구, 배치, 내장, 조명, 디스플레이에서 사원교육까지

도움이 되는 '발견'이 가득가득.
당신 가게를 회생시키기 위한 소중한 책!

 유행이 아닌 자유추구 -
WWW.chungeoram.com

BOOK Publishing CHUNGEORAM

초등학생이 반드시 읽어야 할 좋은 책 49권

각 학년별로 초등학생이 반드시 읽어야할 좋은 책을 선정하여 통합논술의 기본이 되는 '올바른 독서법'을 일깨워 줍니다.

교과서와 함께하는 초등학교 통합논술

초등1학년 | 값 12,000원 / 초등2학년 | 값 9,500원 / 초등3학년 | 값 11,000원 / 초등4학년 | 값 9,500원 / 초등5학년 | 값 9,500원 / 초등6학년 | 값 11,000원

♣ 혼자 할 수 있어요.
엄마가 책 읽는 방법을 가르쳐 주어도 좋아요.
독서지도하는 선생님이 가르쳐 주어도 좋답니다.
"초등교과서와 함께하는 **통합논술 시리즈**"는
아이 스스로 독서할 수 있도록 꾸며진 책이에요.
엄마와 선생님은 요령만 가르쳐 주시면 된답니다.

♣ 교과서의 중요한 내용이 총정리되어 있어요.
각 학년별로 중요한 교과 내용이 함께 수록되어 있어요.
초등학생은 교과서 내용을 충실하게 공부해야 합니다.
아울러 그와 병행한 독서가 대단히 중요하지요.
"초등 교과서와 함께하는 **통합논술 시리즈**"는
두가지 방법 모두 알려준답니다.

♣ 이 책은 훌륭하신 선생님들이 함께 쓰신 책이랍니다.
동화작가 선생님들이 쓰셨어요. 소설가 선생님도 쓰셨답니다.
국어 논술독서지도 선생님들도 함께 쓰셨지요.
"초등 교과서와 함께하는 **통합논술 시리즈**"는
엄마의 마음으로 모든 선생님들이 함께 꾸민 책이랍니다.

입소문을 통해 아는 분은 다 알고 계십니다!
올 한해 공인중개사 최고의 화제작!

1~2권 합본 | 이용훈 지음
3~4권 합본 | 이용훈 지음
5~6권 합본 | 이용훈 지음
용어해설 | 이용훈 지음

수험생 기본 필독서
만화 공인중개사

제목 : 만화공인중개사 쓰신 분에게 감사드립니다.

학원을 두 달 다녔어요 근데 과연 그 숫자 외우기 그런 게 몇 문제나 나올까 생각을 했어요.
아니라는 생각이 드네요. 학원강의를 뒤로하고 서점을 갔어요. 내 머리에 가장 이해될 수 있는
책이 없나 하구요. 거기서 만화를 발견했어요. 무조건 세 번 봤어요. 3개월 걸렸어요. 문제집을 보라고
했는데 그건 시행을 못했어요. 근데 합격을 했네요.
어떻게 감사의 말을 해야 될지……
도서관에서 만화책 들고 다니니까 사람들이 비웃더라구요. 만화책으로 공인중개사를 공부한다고
미친 사람처럼 보더라구요. 근데 그거 다 감수하고 했던 내가 자랑스럽습니다.
어떻게 감사의 말을 해야 할지… 정말 감사합니다.
부디 행복하세요. 제 나이 41살에 좋은 스승을 만난 것 같습니다.
엎드려 감사드립니다.

-본사 홈페이지에 독자분이 올린 메일 中 에서 발췌-